佐東みどり
にかいどう青
緑川聖司

どこかがおかしい

PHP

プロローグ

やあ、ようこそ。僕《ぼく》の名前は、不可思議《ふかしぎ》キミョウ。

不可思議《ふかしぎ》で奇妙《きみょう》なものが大好きで、世界中のそういったものをコレクションしているよ。

ここは、そんなコレクションが集まったコレクションルームさ。

今日、キミに見てもらいたいのは、僕《ぼく》のコレクションの中でもとくにお気に入りの「写真」なんだ。

普通に見ただけでは、ただの一枚《いちまい》の写真に見えるかもしれない。だけど、よおく見てごらん。この写真には、あっと驚《おどろ》く「真実」が隠《かく》されているんだ。

え？　どんな真実が隠《かく》されているかだって？

それじゃあ、この写真にまつわる物語を教えてあげるね。

準備《じゅんび》はいいかい？

キミならきっと、写真に隠《かく》された真実を見つけ出すことができるはずだよ。

CONTENTS

もくじ

CONTENTS

もくじ

執筆担当

佐東みどり………… P5～21、P65～81、P115～131
にかいどう青…… P23～42、P83～93、P133～155
緑川聖司………… P43～64、P95～113、P157～174

FILE.1

隠《かく》されたメッセージ

どこがおかしいかわかりますか？

「こんな時間から遊ぶなんてめずらしいよね」

日曜日の夕方。小学六年生の原太一《はらたいち》と野木菜七子《のぎななこ》、そして塩野亜美《しおのあみ》の三人は、とある家にやってきた。

クラスメイトの大塚優斗《おおつかゆうと》の家だ。優斗《ゆうと》の親は大きな会社を経営《けいえい》していて、家もかなり大きい。

先ほど、そんな優斗《ゆうと》の母親から三人の家に電話がかかってきて、家に来てほしいと言われたのだ。

「どうして優斗《ゆうと》くんが電話してこなかったんだろう？」

「そもそも、今日は遊ぶ約束とくにしてなかったよね？」

太一《たいち》と菜七子《ななこ》はふしぎがる。そんななか、亜美《あみ》が「もしかして」と言った。

「また謎解《なぞと》きクイズを出そうとしてるのかも」

優斗《ゆうと》は亜美《あみ》たちのリーダー的存在《そんざい》で、頭もよく、いつも謎解《なぞと》きを考えては、亜美《あみ》たちに出していたのだ。

「僕《ぼく》、謎解《なぞと》き苦手なんだよねぇ」

「私《わたし》も〜。だけど、亜美《あみ》ちゃんは得意だよね？」

先日、優斗《ゆうと》が出した暗号メッセージも、亜美《あみ》はみごとに解《と》いた。

「そうだったとしたら、今回も頑張《がんば》って解《と》いてみよ〜」

亜美《あみ》たちはワクワクしながら、家のインターフォンを押《お》そうとした。

瞬間《しゅんかん》、玄関《げんかん》のドアが開き、見知らぬスーツ姿《すがた》の男の人たちが立っていた。

「ええっと」

「待っていたよ。さ、みんななかに入って」

「あの、あなたたちは？」

「安心して。私《わたし》たちはこういう者だよ」

男の人のひとりが、スーツの内ポケットから何かを取り出す。それは、警察《けいさつ》手帳だ。

「落ちついて聞いてほしい。優斗《ゆうと》くんが、誘拐《ゆうかい》されてしまったんだ」

「えええ？」


しばらくして、亜美《あみ》たちはリビングに通された。

ソファーに優斗《ゆうと》の父親と母親が泣きながら座《すわ》っている。まわりには、大勢《おおぜい》の刑事《けいじ》がいた。

「まさか、優斗《ゆうと》くんが誘拐《ゆうかい》されるなんて」

太一《たいち》と菜七子《ななこ》はおびえながらも、優斗《ゆうと》のことを心配していた。

「だけど、どうして私《わたし》たちが呼《よ》ばれたんですか？」

亜美《あみ》は刑事《けいじ》たちにたずねた。母親に亜美《あみ》たちを呼《よ》び出《だ》すように言ったのは、警察《けいさつ》だったのだ。

「それは私《わたし》から説明しよう」

部屋の奥《おく》にいた大柄《おおがら》な男の人が、亜美《あみ》たちのそばにやってきた。

「私《わたし》はこの現場《げんば》の責任者《せきにんしゃ》の佐々木《ささき》という者だ。君たちに見てもらいたいものがあって、それで来てもらったんだよ」

「見てもらいたいもの？」

「ああ、ちょっと奇妙《きみょう》でね」

亜美《あみ》たちが首をかしげると、佐々木《ささき》刑事《けいじ》は部下の若《わか》い刑事《けいじ》に、タブレットを見せるように指示《しじ》した。

「今から見せる映像《えいぞう》は、一時間ほど前、犯人《はんにん》から送られてきた身代金《みのしろきん》を要求する動画なんだ。まずは見てもらおう」

佐々木《ささき》刑事《けいじ》は、タブレットを亜美《あみ》たちに見せる。画面に映像《えいぞう》が映《うつ》った。

「大塚優斗《おおつかゆうと》クンヲアズカッテイル。返シテホシケレバ、三千万円ヲ用意シロ」

画面には三人の誘拐犯《ゆうかいはん》が映《うつ》っていた。真っ白な仮面《かめん》をかぶり、白いマントに身を包んでいる。

声は機械で変えられていて、彼《かれ》らが男なのか女なのかもわからない。

部屋のなかで撮《と》られた映像《えいぞう》だが、窓《まど》はカーテンが閉《し》められているので、場所を特定することはできなさそうだ。

「優斗《ゆうと》クンハ、コノ通リ、元気ニシテイル」

犯人《はんにん》のひとりが、カメラを部屋の隅《すみ》に向ける。

そこには、イスに座《すわ》らされている優斗《ゆうと》の姿《すがた》があった。

「優斗《ゆうと》くん！」

太一《たいち》と菜七子《ななこ》は、録画された映像《えいぞう》だとわかっていながらも思わず声をあげた。

映像《えいぞう》のなかの優斗《ゆうと》は、食事をちゃんともらっていることを、カメラを見ながら話した。

「君たちに見てもらいたいのは、ここから先なんだ」

佐々木《ささき》刑事《けいじ》は真剣《しんけん》な表情《ひょうじょう》で言う。

亜美《あみ》たちは、食い入るようにタブレットの画面を見た。

画面のなかの優斗《ゆうと》は、イスに座《すわ》ったまま、話を続けていた。

「彼《かれ》らは優《やさ》しいから、僕《ぼく》は何不自由なく生活ができてるよ。漫画《まんが》もたくさん用意してくれていて、退屈《たいくつ》せずにすんでいるんだ。ほら、見て」

優斗《ゆうと》がそう言うと、後ろに見える本棚《ほんだな》を指さした。

本棚《ほんだな》には、たくさんの漫画《まんが》が並《なら》べられている。

「人気漫画《まんが》を二十作品ぐらい用意してくれているんだ。『大冒険《だいぼうけん》・勇者マン』も全巻《ぜんかん》揃《そろ》っているよ」

『大冒険《だいぼうけん》・勇者マン』とは、子《こ》どもたちの間で大人気のアクション漫画《まんが》だ。

「お母さん、お父さん、僕《ぼく》はひどい目にはあってないから安心してね。今日はクラスメイトの山原太一《やまはらたいち》くんと森野木菜七子《もりのぎななこ》ちゃんと塩野崎亜美《しおのざきあみ》ちゃんと遊ぶ予定だったけど、遊べなくなったこと連絡《れんらく》しておいてね」

佐々木刑事《ささきけいじ》は、そこで画面を止めた。

「どこが奇妙《きみょう》かわかったかい?」

「ええっと……、今日は遊ぶ約束してなかったよね?」

「優斗《ゆうと》くん、勘違《かんちが》いしてるのかな?」

太一《たいち》と菜七子《ななこ》は緊張《きんちょう》しながら言うが、佐々木刑事《ささきけいじ》が首を横にふった。

「もっと奇妙《きみょう》なところがあるんだ」

すると、亜美《あみ》が手をあげた。

「名前が変だったわ」

亜美《あみ》の答えに、佐々木刑事《ささきけいじ》は大きくうなずいた。

「その通り、優斗《ゆうと》くんはなぜか君たちの苗字《みょうじ》を間違《まちが》えていたんだよ」

佐々木刑事《ささきけいじ》たちは先ほど、優斗《ゆうと》の母親にそのことを指摘《してき》されたのだという。

「たしかに、僕《ぼく》は原《はら》なのに、優斗《ゆうと》くん、『山原《やまはら》』って言ってたね」

「私《わたし》は、野木《のぎ》なのに『森野木《もりのぎ》』て言ってたわ」

「私《わたし》のことは、塩野《しおの》じゃなくて『塩野崎《しおのざき》』」

「お母様もお父様も、そして私《わたし》たちも、なぜ優斗《ゆうと》くんが友だちの苗字《みょうじ》を間違《まちが》えたのかわからないんだ。だから、当人である君たちに話を聞こうと思って」

優斗《ゆうと》の家に呼《よ》ばれたのは、それが理由だった。

「だけど、苗字《みょうじ》を間違《まちが》えるなんてぜったいにないと思うけど」

優斗《ゆうと》とは一年生の頃《ころ》から親友だ。親友の苗字《みょうじ》を間違《まちが》えるはずがない。

「優斗《ゆうと》くん、犯人《はんにん》たちがそばにいたから、怖《こわ》くて思わず間違《まちが》えちゃったのかな？」

太一《たいち》の言葉に、菜七子《ななこ》はうなずくが、亜美《あみ》は納得《なっとく》できなかった。

「いくら怖《こわ》くても、優斗《ゆうと》くんは私《わたし》たちの苗字《みょうじ》を間違《まちが》えたりしないはず」

優斗《ゆうと》はどんなときでもいつも冷静だったのだ。

「もしかしたら、何かのメッセージなのかも」

亜美《あみ》はふとそう思った。

「メッセージ？　そっか、優斗《ゆうと》くんならありえるかも」

「うんうん、暗号メッセージね！」

「どういうことだい？」

佐々木《ささき》刑事《けいじ》が亜美《あみ》の考えに興味《きょうみ》を持ったようだ。

亜美《あみ》たちは、優斗《ゆうと》が謎解《なぞと》きクイズを好きなことを話した。

「なるほど、それでメッセージが隠《かく》されているかもしれないということか」

亜美《あみ》は、ペンと紙を借りると、優斗《ゆうと》の言った苗字《みょうじ》を書きだした。

山原《やまはら》　森野木《もりのぎ》　塩野崎《しおのざき》
「みんな、漢字が一文字ずつ多いわね」

「僕《ぼく》は、『山』が多い」

「私《わたし》は『森』の文字」

「そして、塩野《しおの》さんは、『崎《さき》』が多いということだね」

佐々木刑事《ささきけいじ》がそう言うと、亜美《あみ》はそれぞれの余分《よぶん》な漢字だけを残して、ほかの部分は黒くぬりつぶした。

「残ったのは、山と森と崎《さき》……あああ！」

亜美《あみ》は、佐々木刑事《ささきけいじ》たちを見た。

「山森崎《やまもりさき》！　近くにある町の名前ですよ！」

「そう言われれば！」

亜美《あみ》たちの住んでいる町から車で一時間ほどの場所に、『山森崎《やまもりさき》』という町があったのだ。

「優斗《ゆうと》くん、山森崎町《やまもりさき》にいるのかも！」

優斗《ゆうと》は建物に入る前に、電柱などに貼《は》ってある住居表示《じゅうきょひょうじ》を見たのだろう。

そしてそれを、動画で話すときに、犯人《はんにん》たちにバレないように伝えたのだ。

「山森崎《やまもりさき》の地図を！」

佐々木刑事《ささきけいじ》に言われ、部下の刑事《けいじ》が地図を用意した。

テーブルに広げ、亜美《あみ》たちもそれを見る。

しかし、山森崎町《やまもりさきまち》は亜美《あみ》たちの住んでいる町よりも遥《はる》かに広かった。

「これじゃあ、どこに誘拐《ゆうかい》されているかわからない。下手《へた》に捜査員《そうさいん》を大勢《おおぜい》動員して捜《そう》索《さく》をしたら、犯人《はんにん》たちにバレてしまうかもしれない……」

佐々木刑事《ささきけいじ》は焦《あせ》る。もし捜査《そうさ》をしていることがバレれば、優斗《ゆうと》が危険《きけん》なことになってしまうだろう。

「なんかほかにも優斗《ゆうと》くんはメッセージを残しているかも。佐々木刑事《ささきけいじ》、動画はもうないんですか？」

「動画かい？　あと少しだけ続きがあるけど」

佐々木刑事《ささきけいじ》は、動画を再生《さいせい》した。

動画のなかの、優斗《ゆうと》が話を続ける。

優斗《ゆうと》は亜美《あみ》たちと遊べなくなったことを連絡《れんらく》しておいてと言ったあと、「最後に」

と続けた。

「最後に、さっき初めて読んだ『大冒険《だいぼうけん》・勇者マン』の主人公のセリフで、気に入ったのがあったから教えるね。『そこにないものが、すべてを表す』。どう、カッコイイでしょ」

「ヨケイナコトヲ話スナ！」

機械《きかい》で変《か》えられた声が響《ひび》く。犯人《はんにん》の声だろう。

動画はプツンと、そこで切られた。

「漫画《まんが》の主人公のセリフを言ったみたいだけど、これはとくになんの意味もないんだろうね」

佐々木《ささき》刑事《けいじ》たちはそう判断《はんだん》していた。

だが、太一《たいち》が首をひねった。

「『大冒険《だいぼうけん》・勇者マン』にそんなセリフなかったけど」

「なんだって？」

続けて、菜七子《ななこ》も意見を言う。

「それに優斗《ゆうと》くん、さっき初めて『大冒険《だいぼうけん》・勇者マン』を読んだって言ってるけど、全巻揃《ぜんかんそろ》えるぐらい前から大好きよね」

「つまり、読んだことがあるのに、初めて読んだと言ったのかい？」

佐々木刑事《ささきけいじ》は、優斗《ゆうと》がなぜそんなことを言ったのか戸惑《とまど》う。

「漫画《まんが》にないセリフまで言うなんて、いったい？」

佐々木刑事《ささきけいじ》もほかの刑事《けいじ》たちも、その理由がまったくわからないようだ。

そんななか、亜美《あみ》はタブレットの画面をじっと見つめていた。

「わざわざ初めて読んだって言ったのは、私《わたし》たちがそのことを気になるようにわざと言ったのかも。優斗《ゆうと》くんが言った言葉のなかに誘拐《ゆうかい》されている場所のヒントがあるはず。……そこにないものが、すべてを表す。……そこにないものがすべてを」

次の瞬間《しゅんかん》、亜美《あみ》はハッとした。

「佐々木刑事《ささきけいじ》、動画を戻《もど》して下さい！」

「え、あ、ああ」

佐々木刑事《ささきけいじ》は動画を操作《そうさ》した。

「あ、そこです！　そこでストップ！」

「何か気になることでもあるのかい？」

「山森崎町《やまもりさきちょう》の住所は、何丁目何番何号って感じですよね？」

「あ、ああ、そうだね」

「やっぱり！　優斗《ゆうと》くんは自分が誘拐《ゆうかい》されている建物の住所を、隠《かく》されたメッセージで伝えていたんです！　彼《かれ》は、四丁目二番十四号にいます！」

「えええ？」

亜美《あみ》はタブレットを持つと、そのヒントとなる動画の静止画面を佐々木刑事《ささきけいじ》たちに見せた。


一時間後。

佐々木刑事《ささきけいじ》たちの活躍《かつやく》により、優斗《ゆうと》は無事救出された。

亜美《あみ》が見せた静止映像《えいぞう》によって、優斗《ゆうと》が誘拐《ゆうかい》されていた建物の場所を特定することができたのだ。

亜美《あみ》の言った通り、優斗《ゆうと》は四丁目二番十四号の建物のなかにいた。

犯人《はんにん》たちもその建物のなかにいて、全員逮捕《たいほ》することができた。

さて、亜美《あみ》たちは映像《えいぞう》のどこを見て、建物の住所を見つけ出したのだろう？

答え

亜美《あみ》は、動画に映《うつ》っている本棚《ほんだな》に、ヒントが隠《かく》されていることに気づいた。

本棚《ほんだな》の本は一巻《かん》から順番に並《なら》んでいる。しかし、一冊《さつ》分だけが抜《ぬ》けている巻《かん》が三つあった。

一段《だん》目の棚《たな》にある『大冒険《だいぼうけん》・勇者マン』の四巻《かん》、二段《だん》目の棚《たな》にある漫画《まんが》の二巻《かん》、三段《だん》目の棚《たな》にある漫画《まんが》の十四巻《かん》である。

優斗《ゆうと》はわざと漫画《まんが》を抜《ぬ》いていた。そして「そこにないものが、すべてを表す」というヒントを伝えていた。

それは、漫画《まんが》の抜《ぬ》けた巻数《かんすう》を見ろ、ということである。

上の段《だん》から、丁目、番、号を表していて、『山森崎町《やまもりさき》四丁目二番十四号』の場所に誘拐《ゆうかい》されていると伝えていたのだ。

結果、佐々木《ささき》刑事《けいじ》たちがその場所に踏《ふ》み込《こ》み、犯人《はんにん》たちを捕《つか》まえ、優斗《ゆうと》を助けることができたのだった。

FILE.2

病《やみ》バイト

どこがおかしいかわかりますか？

メッセージで指示《しじ》された駅前のコインロッカーを開けると、黒い大きなキャリーケースが入っていた。リュックにもなる『2WAY』タイプのものだ。

さっと周囲を確認《かくにん》したけど、だれも、ぼくの存在《そんざい》なんか気にしていない。ロッカーから取り出したキャリーケースを引きずり、改札を抜《ぬ》けて、電車に乗りこむ。

土曜日の昼間なので、それほど混《こ》んでいないけど、シートには座《すわ》らず、ドアの近くに立った。空調が効《き》いているのに、汗《あせ》がだらだら流れて止まらない。

トンネルに入ったところで、ウィンドウが光を反射《はんしゃ》し、鏡のようになった。

深くキャップをかぶり、メガネをかけたぼくが映《うつ》っている。

べつに視力《しりょく》はわるくないし、おしゃれのためでもない。念のための変装《へんそう》だ。意味があるかわからないけど……。

二十分ほどして目的の駅で降《お》りる。小高い山に囲まれていて、ハイキング客の姿《すがた》がちらほら見える。ぼくもキャリーケースを背負《せお》い、ハイキングコースを進んだ。

キャスターで引いていたときには気にならなかったけど、ものすごく重たい。

もともと汗《あせ》だくだったのに、さらに大量の汗《あせ》をかいた。

すれちがう人たちがあいさつしてくる。最初はとまどったけど、黙《だま》っていたら怪《あや》しまれそうなので、元気よくあいさつを返すようにした。

そのうち指示《しじ》通りの場所に、わき道が見えてきた。進入禁止《きんし》の札が出ている。

ぼくはさっと後ろを見て、だれもいないことをたしかめ、わき道に入った。

そこから十分ほど歩くと池が見えてきた。うちの高校の二十五メートルプールより、少し小さいくらいか。にごっていて底は見えない。枝《えだ》をひろって手前のほうに突《つ》き刺《さ》してみると、ずぶずぶ泥《どろ》に沈《しず》んでいった。

枝《えだ》を捨《す》て、キャリーケースを地面に下ろす。ファスナーを開けると、色の濃《こ》いビニール袋《ぶくろ》で厳重《げんじゅう》に梱包《こんぽう》された大きな塊《かたまり》がひとつ、ぱんぱんにつめこまれていた。触《ふ》れるとゴムのような弾力《だんりょく》があった。取り出したそれにロープで石をくくりつけ、池へと押《お》しこむ。荷物はあっという間に、泥《どろ》にのまれて消えていった。

「よし」

やるべきことをやり、ほっと息をつく。初めてだけど、うまくできたと思う。

荷物を下ろしたせいもあって、帰りの足取りは軽かった。

これは、少し前にSNSで見つけたバイトだった。

ぼくはスマホを持っていないから、母の古いタブレットを使っている。

おそるおそる連絡《れんらく》を取ってみると、すぐに返事がきた。

説明されたバイトの内容《ないよう》はむずかしいものではなかった。指定の公園のベンチの下面に、駅前にあるコインロッカーのカギがテープで貼《は》りつけられている。それでロッカーを開け、荷物を指定場所まで運び、重石《おもし》をつけて捨《す》てる。駅前のロッカーにキャリーケースをもどし、カギをベンチの下に貼《は》りつける。それだけだ。

苦労したのに報酬《ほうしゅう》がなかったらどうしようと不安だったけど、ぼくが荷物を処分《しょぶん》し、帰ってくるまでに、ベンチの下には封筒《ふうとう》が貼《は》りつけられていた。中身は四万円だった。

たった四万と思う人もいるだろうけど、ぼくにとっては大金だ。

捨《す》ててきた荷物は、明らかにまずいものだろう。産業廃棄物《はいきぶつ》とか医療廃棄物《いりょうはいきぶつ》だと思う。池に捨《す》てたりしたら環境《かんきょう》にわるい影響《えいきょう》が出るかもしれない。本来なら複雑《ふくざつ》な手続きや法律《ほうりつ》で定められた金額《きんがく》が必要になるところを四万円で省略《しょうりゃく》したのだ。

犯罪《はんざい》だとはわかっているけど、生きるためにお金が必要だった。ドラッグストアのバイトなんかじゃぜんぜん足りない。父は何年も前に家を出ていったきりだし、母もたまにしか帰ってこないから、妹の面倒《めんどう》はぼくが見ないといけなかった。

だから、何を捨《す》てたのかは、深く考えないことにした。


友人には、もちろん、新しいバイトのことは話さなかった。学校にいるあいだは、お調子者の『ぼく』を演《えん》じる。みんなが話す旅行の話や最新ゲームの話題をにこやかに聞き流す。うらやましいなんて思ってはいけない。

「あ、そういえば、小学校のとき、堂本《どうもと》っていたじゃん？ 堂本《どうもと》ミツユキ」

昼休みに何人かで集まっていると、同じ小学校出身の友人がふいに言った。

「受験して中高一貫《いっかん》の私立《しりつ》に行ったやつ」

「ああ、いたな。堂本《どうもと》。あいつがどうした？」

「こないだ、遠出した帰りに、親の車に乗ってたら見かけたんだよ。日付変わるくらいの時間に出歩いてた。まわりは暗かったけど、ちょうど街灯の下で顔見たから間違《まちが》いない。すげえげっそりしてた。知ってる？　あいつ今、不登校なんだって。部屋にひきこもってるらしい。勉強についていけなくなっちゃったみたいで。だれにも会わない夜にだけ、コンビニあたりに行ってるらしいわ」

へえ、と思った。特別に仲がよかったわけじゃないけど覚えている。頭も顔もよくて、スポーツも得意で、人気者だった。そうか。今はひきこもりか。ふーん。

私立《しりつ》に行かせてくれる親もいて、これまで恵《めぐ》まれた人生を送ってきたのだから、それくらいでちょうど平等だと、ぼくは思った。

ドラッグストアでの仕事が終わったら、スーパーで安い食材を買って帰る。

小学四年生の妹は、とても賢《かしこ》い。ぼくが四年生だったときよりずっと。わがままは言わないし、ぼくが作った味のうすい野菜いためも「おいしい」と食べてくれるし、掃除《そうじ》や洗濯《せんたく》も手伝ってくれる。ぼくたちは助け合っていた。

だから、父がよそで家族を作っていても、母があまりぼくたちのことを好きじゃなくても、べつにいい。

時々すごく悲しくなる瞬間《しゅんかん》があるけど、考えてもしかたがないことだ。ぼくよりもつらい子どもはきっとたくさんいる。ぼくはだいじょうぶ。問題ない。

翌週《よくしゅう》、また例のバイトが入った。前回と同じく指定されたロッカーでキャリーケースを回収《かいしゅう》して、電車に乗り、ハイキングコースを前進する。二度目だったから前ほど緊張《きんちょう》せず、スムーズに池まで行くことができた。

ただ、ファスナーを開けると中身が四つに増《ふ》えていた。濃《こ》い色のビニールで梱包《こんぽう》されていることは変わらないのだけど、サイズがバラバラな四つの塊《かたまり》になっていた。小さなものはサッカーボールくらいで、大きなものはキャリーケースと同じくらいの長さがあった。

それらを処分《しょぶん》し、引き返し、報酬《ほうしゅう》を得て、買い物をしてからアパートに帰る。

いきなり食事が豪勢《ごうせい》になったら、妹に怪《あや》しまれるかもしれないし、何より二度のバイトで得た八万円なんてすぐになくなってしまう。だから、いつも通りの安い食材を購入《こうにゅう》した。ただ、少しくらいは、と思って、『20％オフ』のプリンを買って帰ったら、妹が「いいの、お兄ちゃん？　やった！」と、すごく喜んでくれた。妹の笑顔《えがお》が見られて、ぼくもうれしかった。

三度目のバイトが入ったのは、翌々週《よくよくしゅう》のことだった。過去《かこ》二回と同じ内容だ。荷物そのものは相変わらず重いし、よくないことという自覚はあったものの、最初にくらべれば心の負担《ふたん》は小さかった。

これはぼくと妹が生きるために必要なことなんだ。

池に到着《とうちゃく》し、背中《せなか》のキャリーケースを下ろして、中身を引《ひ》っ張《ぱ》り出《だ》す。前回同様に、今回も四つの塊《かたまり》だった。手ごろな石をくくりつけ、音を立てないよう静かに池へ沈《しず》めていく。が、そこでアクシデントが発生した。荷物のひとつが水面に突《つ》き出《で》ていた木の枝《えだ》に引っかかってしまったのだ。

「ミスった」

三度目で気がゆるんでいたのかもしれない。

細長くて頑丈《がんじょう》そうな枝《えだ》を手に取り、腕《うで》を伸《の》ばして、荷物をつつく。

しかし、なかなか引っかかった部分が外れてくれなかった。

ぐいぐいと枝《えだ》で押《お》すうちに、体が前傾《ぜんけい》になる。

瞬間《しゅんかん》、ずるっ、と右の足首まで泥《どろ》のなかに沈《しず》んだ。

「っ⁉」

とっさに後ろへ体重を移動《いどう》させたので落ちることはなかったけど、ひやっとさせられた。この池は、浅くはないはずだ。今までの荷物も、沈《しず》んだきりぜんぜん見えないわけだし。へたをすれば溺《おぼ》れる。落ちれば、助からない。

ふと見ると、荷物を梱包《こんぽう》していたビニールが破《やぶ》けてしまっていた。

何度もつついたせいにちがいない。中身が、ぼろっ、とこぼれ落ちる。

それを目撃《もくげき》した瞬間《しゅんかん》、ぼくは息をのんだ。

これまでずっと、工場や病院で出たゴミを捨《す》てているのだと思っていた。

けど、今見えたものは、そんなものではなかった。今のは人間の腕《うで》だった。

それはにごった水のなかで、白い魚のようにゆらめき、沈《しず》んでいった……。

やばい。やばい。やばい。やばい。どう考えてもやばい。

ふつうのバイトでないことはわかっていたけど、腕《うで》を捨《す》てるなんてやばすぎる。

だって、腕《うで》だけのはずがないじゃないか。前回と今回、ぼくは四つの塊《かたまり》を池へと沈《しず》めた。あれは頭、胴《どう》、腕《うで》、脚《あし》だったのではないか。腕《うで》と脚《あし》は左右でひとつにまとめられていたにちがいない。一度目はおそらく解体《かいたい》されていなかったんだ。つまり、ぼくは人間の死体を捨《す》てていたことになる。これまで三人もの人を……。

マネキンや人形だった可能性《かのうせい》は？　いや、間違《まちが》いなく人間の腕《うで》だった。

いくらなんでも、このまま黙《だま》っているわけにはいかない。警察《けいさつ》に通報《つうほう》しよう。

匿名《とくめい》なら、ぼくだとバレないだろうか？　……駅の防犯《ぼうはん》カメラなどからぼくの姿《すがた》が見つかれば、怪《あや》しまれるかもしれない。初めから正直に話したほうがいい。

なんらかの罰《ばつ》を受けることになるかもしれないし、今までの報酬《ほうしゅう》を失いたくもないけど、知らないフリはできない。

だけど、池に死体が沈《しず》められている、とだけ通報《つうほう》しても、イタズラだと思われる可《か》能性《のうせい》がある。だから、コインロッカーに死体を入れている人物を確認《かくにん》するのだ。

だいじょうぶ。ベンチを見張《みは》っていれば、相手は必ず現《あらわ》れる。証拠品《しょうこひん》であるキャリーケースを回収《かいしゅう》するためだ。ただし、相手に気づかれてはいけない。何せ、そいつは殺人犯《さつじんはん》かもしれないのだから……。

帰りのキャリーケースは空っぽなのに、死体が入っていたと思うだけで、ひどく重たく感じた。電車に乗り、駅前のロッカーにキャリーケースを入れ、公園のベンチへ向かう。少し迷《まよ》ったけど、報酬《ほうしゅう》の四万円を手にして、カギをベンチの下に貼《は》りつけた。すぐにその場を離《はな》れたぼくは、遠いところからベンチを見張《みは》った。

ベンチに座《すわ》る人が現《あらわ》れるたびに緊張《きんちょう》する。でも、だれもカギを回収《かいしゅう》するようなそぶりは見せなかった。ただ休憩《きゅうけい》し、去っていく。

一時間が過《す》ぎたところで気づいたのだけど、もしかしたら、相手はすぐには現《あらわ》れないかもしれない。その可能性《かのうせい》を考えていなかった。

妹のためにも、長く外出しているわけにはいかない。あと一時間ねばってダメだったら、あきらめて通報《つうほう》だけしよう。そのときはキャリーケースの場所を警察《けいさつ》に教えればいい。犯人《はんにん》の指紋《しもん》も出てくるかもしれない。なんにせよ証拠《しょうこ》になるはずだ。

十分、二十分、三十分……。

何もせず、ベンチを見張《みは》っているだけの時間はとても苦痛《くつう》だった。

四十分、五十分、そろそろ一時間――というときに、ベンチに近づいてくる男が目に入った。グレイのジャケットを着ている。ただの休憩《きゅうけい》か、それとも……。

男はベンチに座《すわ》ると、何をするでもなく、少しのあいだ正面をぼーっとながめていた。それから前傾姿勢《ぜんけいしせい》になり、股《また》のあいだからベンチの下をのぞきこむ。

それで確信《かくしん》した。あいつだ。

男はベンチの下のカギを手に取って、立ち上がると、駅へ向かっていった。やけにふらふらしている。酔《よ》っているのか、違法《いほう》な薬物でも使用しているのか。

何にせよ、注意力は高くなさそうだ。これなら尾行《びこう》しても気づかれないのではないか。男の正体がわかれば、警察《けいさつ》にも通報《つうほう》しやすい。

ぼくは覚悟《かくご》を決めて、男を追いかけることにした。男が車を使うなら、ナンバーをひかえられる。

男は四十代半ばから五十歳《さい》くらいに見えた。ひどくやせている。ロッカーの前にたどりつくと、カギを開け、キャリーケースを引《ひ》っ張《ぱ》り出《だ》し、改札を通過《つうか》した。車は使わないようだ。ぼくもすぐあとに続く。ＩＣカードには二千円チャージしてある。それで足りるか不安だったけど、男はぼくがふだん利用している駅のひとつとなりで下車した。駅を出ると、そのまま歩きはじめる。

うちの近くに、こんなあぶない人間がいたなんて……。

そんなふうに思いながら、慎重《しんちょう》に男のあとをつける。

やがて、男がたどりついたのは立派《りっぱ》な一軒家《いっけんや》だった。きれいなフェンスに囲まれ、広い庭があって、車が二台駐車《ちゅうしゃ》できるスペースがある。今は一台もなかったけど、代わりにシルバーの自転車が置いてあった。防犯《ぼうはん》カメラが設置《せっち》されているのが見える。

死体なんて運ばせておいてなんだよ、と思った。

ぼくは周囲にだれもいないことを確認《かくにん》し、さりげなく家の門の前を通《とお》り過《す》ぎた。

さっ、と表札を見る。

そこには『ＤＯＭＯＴＯ』と書かれていた。……ドウモト……堂本《どうもと》？

車にひかれたような衝撃《しょうげき》を受ける。もしかして、ここはミツユキの家なのか？

ついこの間、不登校だと聞いたばかりだ。あいつの家？

足が止まりそうになったけど、不自然なのでそのまま歩きつづける。

でも、動揺《どうよう》は簡単《かんたん》にはおさまってくれなかった。

堂本《どうもと》という名字は、関西に集中していると聞いたことがある。このあたりではめずらしいのではないか。少なくとも、ミツユキ以外では知らない。じゃあ、さっきのはミツユキの父親なのか？　三人もの死体を運ばせた人物が元同級生の父親？　信じられない。本当に、表札には『DOMOTO』と書いてあっただろうか？　べつの名前を見間違《みまちが》えた可能性《かのうせい》は？　……いや、たしかに『DOMOTO』だった。

どうなってる？　ミツユキがひきこもっていることと関係があるのか？

……例えばだけど、ミツユキが、だれか殺してしまっているとしたら？

父親は息子《むすこ》の犯行《はんこう》を隠蔽《いんぺい》するために、SNSで応募《おうぼ》してきた人間に死体を処分《しょぶん》させている……とか。

こみ上げてくる吐《は》き気《け》をこらえ、ぼくは走って帰宅《きたく》した。

妹に心配されたけど、なんでもないと言《い》い張《は》った。

体は疲《つか》れているのに、ふとんに横になっても眠気《ねむけ》はやってこなかった。

ぼくは通報《つうほう》すべきかぐずぐず迷《まよ》っていた。元同級生が関わっているかもしれないと想像《そうぞう》すると怖《こわ》かったし、何かの間違《まちが》いだと思いたかった。

ふとんから体を起こして、妹の様子をうかがうと、ぐっすり眠《ねむ》っていた。

時計を見たら、そろそろ日付が変わる時刻《じこく》だった。ぼくはもう一度、ミツユキの家へ向かうことに決めた。これくらいの時間帯にあいつは出歩いているという話だったし、もしかしたら会えるかもしれない。じっとしてなどいられなかった。

念のために、カメラのついている母のタブレットを持っていく。いざというときに、証拠《しょうこ》の写真を撮《と》るためだ。

ミツユキの家に到着《とうちゃく》したとき、明かりはついていなかった。あたりにはだれもいない。ぼくは門の前を通《とお》り過《す》ぎ、道の角で立ち止まって、堂本家《どうもと》を監視《かんし》した。

ミツユキが出てくるか、もしくは帰ってくるかもしれない。

会えたら声をかけてみればいい。……でも、なんて？

そわそわしていると、道の向こうから人が歩いてくるのが見えた。暗くて顔までは見えない。ただの通行人か。それともミツユキか。ミツユキの父親か。

その人物は、ミツユキの家の前で立ち止まると、門に手をかけた。

あ！　と思う。横顔が見えた。ミツユキだ。間違《まちが》いない。

外出からもどってきたところのようだ。外で何をしていたのか。友人が話していたみたいにコンビニに行ってきただけなのか、あるいは……。

ミツユキは門を抜《ぬ》けると、家のドアに手をかけた。ガチャガチャと音がする。ロックがかかっているらしい。ミツユキ自身はロックを解除《かいじょ》する手段《しゅだん》を持っていないみたいで、静かな住宅街《じゅうたくがい》にガチャガチャ硬《かた》い音だけが響《ひび》く。

「あいつ、何してるんだ……」

開けられないのなら、インターフォンを鳴らすなり、電話をするなりして、家族に帰宅《きたく》を知らせるものではないか。それとも、だれもいないのだろうか？

ロックされたドアをあんなふうに引《ひ》っ張《ぱ》ったって意味ないのに……。

まるで嫌《いや》がらせみたいだ。親への？　深夜に外出していて閉《し》め出《だ》されたから、抗議《こうぎ》の意味をこめて、あんなふうにしているとか？

しばらくながめていたけど、ミツユキはガチャガチャ鳴らすのをやめようとしなかった。なんだか気味がわるい。明らかにふつうの行動じゃなかった。やはり、ぼくが運ばされていた荷物に、ミツユキは関わっているのかもしれない。

もういい。ここを離《はな》れて、今度こそ警察《けいさつ》に通報《つうほう》しよう。その前に写真だけ――と思ったそのときだった。ミツユキが動きを止めた。とうとつにこちらを見る。

ぼくはとっさに身を引いて、壁《かべ》に隠《かく》れた。気づかれたか？

心臓《しんぞう》がばくばく音を立てている。深く息を吸《す》って、吐《は》く。

それから、そっと顔を出してみた。すぐ目の前にミツユキが立っていた。

「わっ⁉」

一歩あとずさる。それでも二メートルほどしか離《はな》れていない。

「ミ、ミツユキ……、あ、あの、ぼくのこと覚えてる？　同じ小学校の……」

この距離《きょり》ではじめて気づいた。ミツユキは全身濡《ぬ》れていた。水がしたたっている。

いや、それだけじゃない。もっとどこかがおかしい。どこがおかしい?

……ミツユキの手、左右が反対じゃないか?

右肩《みぎかた》から左腕《ひだりうで》が、左肩《ひだりかた》から右腕《みぎうで》が伸《の》びている。

ミツユキが右肩《みぎかた》についている左腕《ひだりうで》をぎこちなく差し出してきた。反射的《はんしゃてき》にもう一歩、ぼくは後退《こうたい》し、でも足がもつれて、その場に尻《しり》もちをつく。地面に落ちたタブレットが大きな音を立てた。と同時に、ミツユキの腕《うで》も、ぼたりと落下する。

「ひっ」

なんだこれ? なんだこれ? なんなんだよ! これは!

次の瞬間《しゅんかん》、ごすっ、と硬《かた》い音が聞こえた。

その場にミツユキが倒《たお》れる。暗闇《くらやみ》のなか、新たな登場人物の姿《すがた》が見えた。

たぶん駅で見かけたあの男だ。ブロックのようなものを手にしている。

その顔は影《かげ》で真っ黒にぬりつぶされていた。

ぼくは動けなかった。悲鳴もあげられなかった。

男の声だけが、ぼそぼそと聞こえてくる。

「帰ってくる。……最初は、病院の、霊安室《れいあんしつ》から……。あれは、事故《じこ》だった……自殺じゃ、ない。ミツユキが自分から車に飛びこむわけが……だけど帰ってきて……。生きているはずが、ない、のに……。何度も、何度も……。埋《う》めても、沈《しず》めても、バ、バラバラに、して、も、帰って……どうして……ああ、また、やり直さないと……。また、バラバラにして……今度は、もう、燃《も》やすしか……」

男はぶつぶつとつぶやきながら、ミツユキだったものを引きずって、家へともどっていった。ぼくの目の前には、まだミツユキの左腕《ひだりうで》が落ちている。

男がもどってくる前に、逃《に》げよう。逃《に》げないと。逃《に》げるんだ。どう考えてもまともじゃない。何をされるかわからない。早く。早く。早く。早く。警察《けいさつ》に。

でも、ぼくはなかなか立ち上がれなくて。

一度閉《し》まった、ミツユキの家のドアが、ふたたび、開く。

ガチャリ――と。

FILE.3

夏祭り

どこがおかしいかわかりますか?

ポン！　ポン、ポン！


改札を抜《ぬ》けて、駅舎《えきしゃ》を出ると、どこからか軽い破裂音《はれつおん》が聞こえてきた。

見上げると、青い空を背景《はいけい》にして、白い煙《けむり》がいくつも上がっている。

「そうか。今日は、花火大会か」

叔父《おじ》さんが、目を細めながら言った。

どうやら、本番のために試《ため》し打《う》ちをしているようだ。

駅前にある片側《かたがわ》二車線の大きな道路が、歩行者専用《せんよう》になっていて、道の左右に屋台がズラリと並《なら》んでいる。

この道の先に河川敷《かせんしき》があって、そこが花火とお祭りのメイン会場になっているらしい。

花火大会は今夜だけど、夏祭りは二日前からはじまっていて、今日が最終日なのだそうだ。

「なあ、ちょっと寄《よ》っていかないか？」

叔父《おじ》さんが、うずうずした様子で言った。

「ダメよ。先に仕事でしょ」

わたしが叔父《おじ》さんにぴしゃりと言ったとき、

「よく来てくれたね」

大きなお腹《なか》をゆらしながら、横島警部《よこしまけいぶ》が現《あらわ》れた。

「こんにちは、警部《けいぶ》」

わたしが挨拶《あいさつ》すると、

「やあ、芽衣《めい》ちゃん。今日も探偵《たんてい》のお目つけ役、ご苦労様」

警部《けいぶ》はそう言って、はっはっはと豪快《ごうかい》に笑った。

「ひどいなあ、警部《けいぶ》。ぼくにはお目つけ役なんか必要ありませんよ」

叔父《おじ》さんが眉《まゆ》を八の字にして言い返すけど、

「いやいや、春彦《はるひこ》くんは、目を離《はな》すとすぐどこかにふらふらと行ってしまうからね」

警部《けいぶ》は真顔で言った。

「今もおおかた、わたしとの待ち合わせをあとにして、屋台でもまわろうとしてたんじゃないか」

警部《けいぶ》にずばりと言い当てられて、叔父《おじ》さんはしゅんと肩《かた》をすぼめた。


わたしの名前は夢野芽衣《ゆめのめい》。

現在《げんざい》、中学生一年生。

そして、となりにいる背《せ》の高い男性《だんせい》が、お母さんの弟——叔父《おじ》さんの春彦《はるひこ》さんだ。

一見、頼《たよ》りなさそうに見えるけど、春彦叔父《はるひこおじ》さんは実は有名な探偵《たんてい》で、警察《けいさつ》から非《ひ》公式《こうしき》に捜査《そうさ》協力を依頼《いらい》されることも多い。

今回も、県警捜査《けんけいそうさ》一課の横島警部《よこしまけいぶ》から、殺人事件《じけん》の捜査《そうさ》について意見を聞かせて欲《ほ》しいということで、現場《げんば》のあるこの町までやってきたのだ。

焼きそばやりんご飴《あめ》に未練がありそうな叔父《おじ》さんの背中《せなか》を押《お》して、事件現場《じけんげんば》へと向かいながら、警部《けいぶ》の話を聞く。

事件《じけん》が起こったのは、二日前の午前十時過《す》ぎ。

お祭り会場から少し離《はな》れた県道のガードレールに、一台の車が衝突《しょうとつ》した。

すぐに救急車が呼《よ》ばれたけど、運転手はすでに死亡《しぼう》していた。

それだけなら、単なる自動車事故《じこ》だったんだけど、検視《けんし》の結果、運転手は事故《じこ》の直前に、頭を強く殴《なぐ》られたか、何かに打ちつけて、大怪我《おおけが》を負っていたことがわかったのだ。

死亡《しぼう》したのは不動産屋に勤《つと》める上条《かみじょう》という男性《だんせい》で、彼《かれ》はここ数か月、ある地域《ちいき》で土地の買取交渉《こうしょう》を、かなり強引《ごういん》にすすめていた。

要するに、住民に立《た》ち退《の》きを迫《せま》っていたのだ。

どうやら、その地域《ちいき》一帯を買い上げて、マンションを建てる計画があるらしい。

勤務先《きんむさき》によると、その日も朝から、立《た》ち退《の》きの交渉《こうしょう》をする予定になっていた。

ところが、どういうわけか大怪我《おおけが》をしたあげく、事故死《じこし》してしまったのだ。

警察《けいさつ》の捜査《そうさ》の結果、事故《じこ》の数分前に、頭を押《お》さえてフラフラと車に乗《の》り込《こ》む姿《すがた》が、コインパーキングの防犯《ぼうはん》カメラに映《うつ》っていた。

「そこで、警察《けいさつ》ではコインパーキングに車を停《と》めてから、戻《もど》ってくるまでの足取りを調べたんだ」

警部《けいぶ》は説明を続けながら、細い路地に入った。

古い雑居《ざっきょ》ビルと、木造《もくぞう》の一戸建てが混在《こんざい》する風景が広がっている。

実際《じっさい》にこういう町に住んだことはないけど、なんとなく懐《なつ》かしさを感じさせる町並《まちな》みだな、とわたしは思った。

お祭りのメインストリートからは離《はな》れているので、屋台は出ていないけど、地元のお店が店頭に、ちょっとした露店《ろてん》を出していた。

和菓子屋《わがしや》さんは、長机《ながづくえ》にテーブルクロスをかけて、みたらし団子《だんご》とおはぎを売っているし、酒屋さんは家庭用のホットプレートを持ち出してフランクフルトを焼いている。

古本屋さんの店の前には、ヨーヨーを浮《う》かべた家庭用のビニールプールが置いてあって、段《だん》ボールの裏に、

〈ヨーヨー釣《つ》り　一回二百円〉

と書いてあった。

屋台のヨーヨー釣《つ》りは五百円だったので、かなりお得だ。

食べ物を売るのに、保健所《ほけんじょ》の許可《きょか》はだいじょうぶなのかな、とちょっと心配になりながら歩いていると、警部《けいぶ》が小さな駄菓子屋《だがしや》さんの前で足を止めた。

入り口の横では、和菓子屋《わがしや》さんと同じように机《つくえ》を出して、かき氷を一杯《いっぱい》二百円で販《はん》売《ばい》している。

店番をしているのはねじりはち巻《ま》きの男性《だんせい》で、けっこう本格的《ほんかくてき》なかき氷器を使って、汗《あせ》をかきながらかき氷を作っていた。

「おじゃまします」

警部《けいぶ》が店の奥《おく》に呼びかけると、小柄《こがら》で髪《かみ》の白いおばあさんが顔を出した。

「おや、警部《けいぶ》さん。どうしたんですか？」

「悪いんですけど、一昨日聞いた話を、もう一度この人たちに話してもらえますか？」

「ああ、いいですよ。テルさん、ちょっとお店のほうをお願いね」

おばあさんが声をかけると、さっきのはち巻《まき》の男性《だんせい》が、ふり返って笑顔《えがお》で手をふった。

「さあ、どうぞどうぞ」

おばあさんは、わたしたちを奥《おく》の座敷《ざしき》に通してくれた。

手際《てぎわ》よくお茶をいれて、ちゃぶ台に湯呑《ゆの》みを並《なら》べていく。

「こちらのお兄さんも、警察《けいさつ》の方？」

湯呑《ゆの》みを置きながら、おばあさんは叔父《おじ》さんを見た。

「こちらは探偵《たんてい》さんで、捜査《そうさ》に協力してもらっているんです」

警部《けいぶ》の言葉に、おばあさんはちょっと目を丸くすると、

「探偵《たんてい》さんですか」

と言った。

「それで、こちらのお嬢《じょう》さんは？」

「ぼくの助手です」

叔父《おじ》さんが答える。

「あらまあ、かわいらしい助手さんだこと」

ニコニコと笑うおばあさんに、わたしはちょっと恥《は》ずかしくなって、下を向いた。

警部《けいぶ》から聞いた話によると、男性《だんせい》の足取りは、この駄菓子屋《だがしや》さんを最後に途絶《とだ》えて

いるらしい。

つまり、ここで頭を殴《なぐ》られて、車まで逃《に》げ帰《かえ》った可能性《かのうせい》が高いのだ。

だけど、わたしには、目の前で笑顔《えがお》を浮《う》かべているこのおばあさんが、人を殴《なぐ》って大怪我《おおけが》を負わせるようには見えなかった。

「この間もお聞きしましたけど、もう一度、確認《かくにん》させてもらいますね」

警部《けいぶ》は手帳を取り出して、ゆっくりとした口調で話しはじめた。

「前々から立《た》ち退《の》きを求めていた不動産屋の上条《かみじょう》さんが、こちらを訪《たず》ねてきたのが、二日前の午前十時ごろ。ただ、その日はお祭りの初日で、こちらでも近所の子どもたちにむけて、店の前に露店《ろてん》を出す準備《じゅんび》をしていたため、すぐに帰ってもらったとのことでしたね」

「はい、そうですよ」

おばあさんは自分の分のお茶をいれながら答えた。

「上条《かみじょう》さんは、また来《く》ると言って、帰っていかれました」

「その上条《かみじょう》さんは、こちらのお店を買い取りたいと言ってこられたのですか？」

叔父《おじ》さんが口を開いた。

「ええ。なんでも、このあたりに大きなマンションを建てられるんだとか」

おばあさんは、叔父《おじ》さんに向き直って答えた。

「売ってくれれば、そのマンションの最上階に部屋を用意すると言われましたけど、この年になって、新しいところに引《ひ》っ越《こ》すのも……それに、ここは亡《な》くなったおじいさんと守ってきた、大事なお店ですから……」

「上条《かみじょう》さんは、何度、来られましたか?」

叔父《おじ》さんはさらに質問《しつもん》を重ねた。

「一昨日で、三度目でしたか。いえ、四度目だったかしら?」

「ずいぶん熱心だったんですね」

「そうなんですよ。何度来られても、お返事は同じなんですけどねえ……」

おばあさんは困《こま》ったように、首をかたむけた。

それから叔父《おじ》さんは、店先にいた男性《だんせい》についてたずねた。

「ああ、テルさんは近所に住んでる大工さんで、人手が足りないときは、いつも手伝ってくれるんです」

おばあさんはそう言って、目を細めた。

「それじゃあ、一昨日の朝、上条《かみじょう》さんが来たときもいたんですか？」

叔父《おじ》さんの質問《しつもん》に、おばあさんは首を横にふった。

「いいえ。テルさんが来たのは、十時半くらいでしたから、上条《かみじょう》さんとは会ってませんよ」

そんな会話を聞きながら、わたしは部屋の中を見まわした。

このおばあさんが犯人《はんにん》なら、さっきのお店の中か、この部屋のどこかに凶器《きょうき》があるはずだ。

だけど、結局それらしいものは見当たらないまま、

「どうも、お忙《いそが》しいところ、ありがとうございました」

叔父《おじ》さんはそう言って、腰《こし》を上げた。

「凶器《きょうき》はまだ見つかってないんですよね？」

駄菓子屋《だがしや》さんを出てから、ずっと無言で歩いていた叔父《おじ》さんは、大通りに戻《もど》ったところで警部《けいぶ》に聞いた。

警部《けいぶ》は難《むずか》しい顔で、「うーん」とうなった。

「鑑識《かんしき》の話だと、何か硬《かた》いものの角で殴《なぐ》られたか、頭を打ったんじゃないかということなんだが……」

警部《けいぶ》によると、おばあさんの同意を得て、家中を捜索《そうさく》したけど、凶器《きょうき》に該当《がいとう》するものは発見できなかったらしい。

「念のため、柱や机《つくえ》の角も調べたんだが、頭を打ったような跡《あと》はなかった」

「凶器《きょうき》をどこかに持ち去ったんじゃないですか？」

叔父《おじ》さんの疑問《ぎもん》に、警部《けいぶ》は首を横にふった。

「それは考えにくいんだ」

おばあさんは足が悪いので、あまり遠くへは行けないし、仮《かり》にだれかに凶器《きょうき》の処分《しょぶん》を頼《たの》んだとしても、防犯《ぼうはん》カメラの問題があるのだと、警部《けいぶ》は言った。

「防犯《ぼうはん》カメラ？」

わたしは聞き返した。

あの駄菓子屋《だがしや》さんに、防犯《ぼうはん》カメラがついていたのかと思ったんだけど、そうではなくて、カメラがついているのは斜《なな》め向かいの家だった。

その家では、去年、家の前に置いてあったプランターを盗《ぬす》まれるという事件《じけん》があったので、それ以来、防犯《ぼうはん》カメラで家の前を二十四時間録画していたのだ。

カメラからは、角度的に、駄菓子屋《だがしや》さんに出入りする人の足元がかろうじて映《うつ》る程《てい》度《ど》なんだけど、その映像《えいぞう》を確認《かくにん》した限《かぎ》りでは、二日前の朝から警察《けいさつ》が来《く》るまでの間、駄菓子屋《だがしや》さんに不自然な人の出入りはなかったということだった。

「それじゃあ、現場《げんば》が違《ちが》うんじゃないですか？」

わたしは言った。

「コインパーキングで車に乗る直前に、路上強盗《ごうとう》に襲《おそ》われたとか……」

「一応《いちおう》、その可能性《かのうせい》も考えて、周辺の聞《き》き込《こ》みを続けてるんだけどね……」

警部《けいぶ》は渋《しぶ》い顔でため息をついた。

「今のところ、目撃情報《もくげきじょうほう》は出ていないし、そもそも祭りの日の午前十時に、町中《まちなか》で路上強盗《ごうとう》というのも考えにくいんだよ」

警部《けいぶ》は、とりあえず署《しょ》に戻《もど》るから、何か気づいたことがあったら連絡《れんらく》してくれと言い残すと、足早に駅の方へと去っていった。

警部《けいぶ》の姿《すがた》が見えなくなると、叔父《おじ》さんは「もう少し聞き込《こ》みをしてみようか」と言いながら、さっきの路地へと戻《もど》っていった。

和菓子屋《わがしや》さんでみたらし団子《だんご》を買って、お店の人に「事件《じけん》の前後に何か見なかったか」「不動産屋は地上げに来たか」と質問《しつもん》する。

普通《ふつう》、警察《けいさつ》でもないのにそんなことを聞いたら警戒《けいかい》されると思うんだけど、叔父《おじ》さんには相手が気をゆるしやすい雰囲気《ふんいき》があるらしく、あっさりと教えてくれた。

とはいえ、「何も見なかった」「来たけど追い返した」という答えだけでは、なんの手掛《てが》かりにもならない。

そのあとも、いくつかのお店をまわったけど、どこも同じような回答ばかりだった。

話を聞いた感じだと、このあたりの人はみんな、被害者《ひがいしゃ》のことを嫌《きら》っていたみたいだな、と思っていると、背後《はいご》でカシャッとシャッター音がした。

ふり返ると、高校生くらいの女の子が、古本屋の前でヨーヨー釣《つ》りをする子どもたちに、カメラを向けている。

女の子が持っているのは、その場で写真が現像《げんぞう》されるインスタントカメラだった。

「芽衣《めい》くん。あの女の子に、一昨日もこの辺で写真を撮《と》っていなかったか、聞いてきてくれないかな」

酒屋さんで買ったフランクフルトをほおばりながら、叔父《おじ》さんが言った。

わたしが声をかけると、女の子は「撮《と》ってたよ」と言って、ちょうど一昨日のお昼に撮《と》ったという写真を見せてくれた。

そのなかに、駄菓子屋《だがしや》さんの写真があったので、わたしは自分のスマホで撮《と》らせてもらった。

さっきと同じように、お店の入り口の横で、はち巻《ま》きをしたテルさんがかき氷を売っている写真を見せると、叔父《おじ》さんは眉《まゆ》を寄《よ》せて、「もしかして……」と小さく呟《つぶや》いた。

「何かわかったの？」

わたしが叔父《おじ》さんの袖《そで》を引いていると、叔父《おじ》さんのスマホに、警部《けいぶ》から電話がかかってきた。

電話に出た叔父《おじ》さんは、しばらく黙《だま》って聞いていたけど、やがて、

「そうですか……」

真剣《しんけん》な表情《ひょうじょう》になって、深くうなずいた。


「お邪魔《じゃま》します」

叔父《おじ》さんが声をかけると、お店の奥《おく》から、おばあさんが顔を出した。

「あら、探偵《たんてい》さん。どうされました？」

「ちょっと確認《かくにん》したいことがありまして……」

叔父《おじ》さんは奥《おく》に進むと、

「これを見てもらえますか」

そう言って、さっきの写真が表示《ひょうじ》されたわたしのスマホを、おばあさんに向けた。

おばあさんは座敷《ざしき》から出てくると、写真に顔を近づけて、

「いい写真ですね」

と言った。

「これが何か？」

叔父《おじ》さんは、写真を指さして、

「一昨日は、かき氷が五十円だったんですね」

と言った。

「どうして一昨日だけ、こんなに安かったんですか？」

おばあさんは、一瞬《いっしゅん》言葉に詰《つ》まったけど、

「お祭りですからね。儲《もう》けなんて考えてないんですよ」

ひきつった笑顔《えがお》で答えた。だけど、

「上条《かみじょう》はかなり強引《ごういん》なことをしていたみたいですね」

叔父《おじ》さんがそう言うと、その笑顔《えがお》も引《ひ》っ込《こ》んで、暗い顔になった。

さっき、警部《けいぶ》から連絡《れんらく》があって、上条《かみじょう》さんが駄菓子屋《だがしや》さんを担保《たんぽ》にした借金の借用

書を持っていたことがわかったのだ。

おばあさんは、しばらく黙《だま》っていたけど、やがて絞《しぼ》り出《だ》すように、

「あの人は、ひどい人でした」

と言った。

「おじいさんといっしょに、何十年も守ってきたこの店を、あんなやり方で……」

「だから、氷で襲《おそ》ったんですか？」

叔父《おじ》さんの言葉に、おばあさんは肩《かた》をがっくりと落として、大きく首を横にふった。

そして、

「怪我《けが》をさせるつもりはありませんでした」

掠《かす》れた声で言うと、静かな口調で語りはじめた。

借金は、おばあさんの知り合いが、ぜったいに迷惑《めいわく》をかけないからと言って、おばあさんに借金の保証人《ほしょうにん》を頼《たの》んできたものだったらしい。

その知り合いが、不動産屋とグルだったのだ。

「にやにやと笑いながら、借用書を見せてくるから、思わずカッとなって突《つ》き飛《と》ばし

てしまったんです」

足を滑《すべ》らせた被害者《ひがいしゃ》は、後ろ向きに倒《たお》れて、店の隅《すみ》に置いてあった氷の角で頭を激《はげ》しく打ったのだと、おばあさんは告白した。

「ちょうど、氷が届《とど》いたところだったんですね」

叔父《おじ》さんが悲しそうな顔で言うと、おばあさんは唇《くちびる》を引きしめて、小さくうなずいた。

凶器《きょうき》は氷かもしれない、というのが、写真を見てひらめいた叔父《おじ》さんの推理《すいり》だったんだけど、どうやらそれは当たっていたみたいだ。

おばあさんによると、一昨日の朝、ちょうど上条《かみじょう》さんが来《く》る直前に、注文していた氷が届《とど》いた。

業務《ぎょうむ》用《よう》の氷は、ちょっとした段《だん》ボール箱くらいの大きさがある。

その角に思いきり頭を打ちつけた上条《かみじょう》さんは、もうろうとした意識《いしき》のまま、店を出ていった。

そして、車を運転して、事故《じこ》を起こしたのだ。

一方、おばあさんが、お店で呆然《ぼうぜん》としていると――。

「ちょうどそのときに、わたしが店に来たんです」

唐突《とうとつ》に声がしてふり返ると、テルさんが神妙《しんみょう》な顔で立っていた。

叔父《おじ》さんたちは小声で話していたけど、その雰囲気《ふんいき》から、なんの話をしているか、気づいたのだろう。

「ここに来《く》る前、近所で車の事故《じこ》があって、不動産屋さんが亡《な》くなったのは聞いていたので、そのことを伝えたら、おばあさんがすべてを話してくれました」

証拠《しょうこ》の氷を早く処分《しょぶん》するために、かき氷を値下《ねさ》げしようと言い出したのもわたしです、とテルさんは言った。

あとから聞いた話だけど、業務用《ぎょうむよう》の氷というのは、溶《と》かすのに意外と時間がかかるらしい。

だから、テルさんは氷をただ溶《と》かすのではなく、大幅に値下《ねさ》げをして早く使い切ることで、証拠品《しょうこひん》である氷を自然に消し去ってしまうことを提案したのだ。

「違《ちが》いますよ。値下《ねさ》げをお願いしたのはわたしです」

おばあさんがそう言って、首を横にふった。

「ぼくには、どちらが本当のことを言っているのか、わかりません」

叔父《おじ》さんは、おばあさんとテルさんを見ながら言った。

「探偵《たんてい》の仕事はここまでです。あとは、警察《けいさつ》に正直に話してください」

「そうですね。あの警部《けいぶ》さんを呼《よ》んでもらえますか？」

おばあさんの言葉に、

「さっき連絡《れんらく》をしておいたので、もうすぐ来ると思います」

叔父《おじ》さんはそう言って、店の外に出た。

わたしもついていって、まだ明るさの残る空を見上げた。

どこか遠くの方から、夏の終わりを告げる花火の音が聞こえてきた。

FILE.4

完《かん》璧《ぺき》なアリバイ

どこがおかしいかわかりますか？

「俺《おれ》が犯人《はんにん》だって？　おいおい何を言ってるんだよ」

一月。町は朝から雪が降《ふ》っていた。

中学二年生の村田和也《むらたかずや》と長谷川彩奈《はせがわあやな》は、雪の積もりはじめた道路を歩き、小高い丘《おか》の上にある屋敷《やしき》にやってきた。

屋敷《やしき》の主は、城宮桜子《しろみやさくらこ》といい、化粧品《けしょうひん》会社を経営《けいえい》している大富豪《だいふごう》だ。

和也《かずや》たちがなぜそんな大富豪《だいふごう》の屋敷《やしき》にいるかというと、彼女《かのじょ》の家で『不可解《ふかかい》な事件《じけん》』が起きたためである。

和也《かずや》と彩奈《あやな》は、学校でミステリー研究会に所属《しょぞく》するほど、ミステリー小説やミステリー漫画《まんが》が好きだった。

桜子《さくらこ》は和也《かずや》の父が経営《けいえい》する美容室《びようしつ》の常連《じょうれん》で、以前から彼《かれ》らのミステリー好きを知っていた。そして、不可解《ふかかい》な事件《じけん》の謎《なぞ》を彼《かれ》らに解《と》いてもらおうと思ったのだ。

和也《かずや》たちは桜子《さくらこ》とともに、屋敷《やしき》のリビングにあるテーブルのイスに座《すわ》っている。

テーブルを挟《はさ》んだ対面のイスには、ひとりの若《わか》い男性《だんせい》が座《すわ》っていた。

先ほど、犯人《はんにん》と言われて「何を言っているんだよ」と言った人物である。

城宮祐太郎《しろみやゆうたろう》。桜子《さくらこ》の甥《おい》で、二十二歳《さい》の大学生だ。

「俺《おれ》は犯人《はんにん》じゃない。さっきから何度もそう言ってるだろ」

祐太郎《ゆうたろう》は不可解《ふかかい》な事件《じけん》の犯人《はんにん》だと思われていた。しかし、本人は無関係であると何度も言っていたのだ。

「犯人《はんにん》はたしかに俺《おれ》と見た目が似《に》てるかもしれない。だけど、あれは俺《おれ》じゃないんだ」

ちょうど三十分前。

桜子《さくらこ》が和也《かずや》と彩奈《あやな》を屋敷《やしき》に呼《よ》び寄《よ》せたことにはじまる。


「城宮《しろみや》さん、不可解《ふかかい》な事件《じけん》とはどういうものなんですか？」

三十分前。和也《かずや》は彩奈《あやな》とともに屋敷《やしき》を訪《おとず》れ、桜子《さくらこ》にたずねた。

「おふたりとも素晴《すば》らしい推理力《すいりりょく》をお持ちらしいわね」

真っ赤なドレスのような服に身を包んだ桜子《さくらこ》は上品な口調でそう言うと、ふたりを屋敷《やしき》のなかへと招《まね》いた。

「あの、僕《ぼく》たちはべつに探偵《たんてい》じゃないですよ」

「うんうん。私《わたし》たちミステリーが大好きで、そういう事件《じけん》を小説や漫画《まんが》でいろいろ読んでいるけど、推理力《すいりりょく》があるわけじゃないものね」

学校でミステリー研究会に入っているが、それはあくまでミステリー小説や漫画《まんが》を読んで語り合うクラブだ。桜子《さくらこ》の屋敷《やしき》に来たのも、不可解《ふかかい》な事件《じけん》というものがどういうものか知りたいと思ったからだった。

すると、桜子《さくらこ》は「それでもかまわないわ」と言った。

「だって、ほかに頼《たよ》れる人がいないもの。これは警察《けいさつ》には言えない事件《じけん》だから」

「警察《けいさつ》には言えない？」

彩奈《あやな》が目を輝《かがや》かせる。

「どんな事件《じけん》なんです？」

彩奈《あやな》が興味深《きょうみぶか》そうにたずねると、桜子《さくらこ》はゆっくりと口を開いた。

「あなたたちは、『ドッペルゲンガー』を信じるかしら？」

「ドッペルゲンガー？」

それは、自分そっくりなもう一人の自分が現《あらわ》れるという怪現象《かいげんしょう》である。

「犯人《はんにん》は、そのドッペルゲンガーかもしれないの」

「えええ？」

桜子《さくらこ》の言葉に、和也《かずや》と彩奈《あやな》は驚《おどろ》く。ドッペルゲンガーなど小説や漫画《まんが》のなかだけの話だと思っていた。

「まずは、事件《じけん》の内容《ないよう》をお話しするわね」

桜子《さくらこ》は、一階のいちばん奥《おく》の部屋へと向かった。

「ここは、私《わたし》の趣味《しゅみ》の部屋なの」

桜子《さくらこ》がドアを開けると、眩《まばゆ》い光が和也《かずや》たちの目を刺激《しげき》した。

「なんなのこれ？」

そこには、台がいくつも置かれていて、その台の上に様々な宝石《ほうせき》が飾《かざ》られていた。

「私《わたし》の趣味《しゅみ》は宝石《ほうせき》を集めることなの」

桜子《さくらこ》は台の上に飾《かざ》られた宝石《ほうせき》を愛《いと》おしそうに見つめる。

「すご〜い」

彩奈《あやな》は宝石《ほうせき》を見ていく。どれもキラキラと輝《かがや》いていて、とても高価《こうか》なものであることが一目でわかる。

そんななか、和也《かずや》は部屋の奥《おく》にあるひとつの台が目にとまった。ひときわ豪華《ごうか》な台だが、そこには何も置かれていなかったのだ。

「ここに宝石《ほうせき》は飾《かざ》らないんですか？」

和也《かずや》がたずねると、桜子《さくらこ》は急に険《けわ》しい表情《ひょうじょう》になった。

「飾《かざ》ってあったわ。私《わたし》のいちばんのお気に入りを」

桜子《さくらこ》は、スマホを取り出すと、写真をふたりに見せた。

そこには、台の上に飾《かざ》られた白く輝《かがや》く王冠《おうかん》が写っていた。

「ダイヤモンドを五十個《こ》もちりばめて作った王冠《おうかん》よ。私《わたし》のコレクションのなかでもっとも高くて、もっとも美しい宝物《たからもの》なの」

「こんな王冠《おうかん》、私《わたし》初めて見た」

「たしかにすごい値段《ねだん》がしそうだね」

「だけど、この大切な王冠《おうかん》が、盗《ぬす》まれてしまったの」

「ええ？」

桜子《さくらこ》は悲しそうな表情《ひょうじょう》で、何も置かれていない台を見つめた。

「昨日のことよ。私《わたし》は一日家で仕事をしたあと、夜の八時ぐらいから十時ぐらいまでスポーツジムに行くために留守《るす》にしたの。その間にだれかが家に侵入《しんにゅう》して王冠《おうかん》を盗《ぬす》んでしまったのよ」

「そんな！　だったらすぐに警察《けいさつ》に通報《つうほう》しないと！」

彩奈《あやな》はそう言うが、桜子《さくらこ》は首を横にふった。

「盗《ぬす》んだのが赤の他人ならもちろんそうするわ。だけど、もしかしたら、犯人《はんにん》は親戚《しんせき》かもしれないの」

「えっ？」

「家の防犯《ぼうはん》カメラに映《うつ》ってたのよ。弟の息子《むすこ》の祐太郎《ゆうたろう》が」

桜子《さくらこ》が言うのは、桜子《さくらこ》が出かけた直後の八時五分ぐらいに、祐太郎《ゆうたろう》が家にやってきて、玄関《げんかん》のドアを開けてなかに入ったのだという。

そして、五分ほどして、出てきたらしい。

「その手には、王冠《おうかん》を持っていたわ」

祐太郎《ゆうたろう》は、桜子《さくらこ》の家によく遊びに来ていて、合《あ》い鍵《かぎ》を持っているのだという。

「それじゃあ、祐太郎《ゆうたろう》さんが犯人《はんにん》ってことよね？」

「すぐに本人に言ったほうがいいですよ！」

和也《かずや》の提案《ていあん》に、桜子《さくらこ》は「ええ、もちろん言ったわ」と答えた。

「だけど、祐太郎《ゆうたろう》、昨日私《わたし》の家になんて行ってないって言うの」

「どういうこと？」

「祐太郎《ゆうたろう》さんに、カメラの映像《えいぞう》は見せたんですか？」

「ええ。だけど、それでも家に行ってないって言ってて。くわしくは祐太郎《ゆうたろう》から話をさせるわね。今、リビングにいるから」

桜子《さくらこ》は、あらかじめ祐太郎《ゆうたろう》も家に呼《よ》んでいたのだという。

桜子《さくらこ》は和也《かずや》たちを、祐太郎《ゆうたろう》が待つリビングに案内した。

そして、現在《げんざい》。

「俺《おれ》が犯人《はんにん》だって？　おいおい何を言ってるんだよ」

桜子《さくらこ》は、あらためて昨日の事件《じけん》のことを祐太郎《ゆうたろう》に聞いた。

「俺《おれ》はこの事件《じけん》の犯人《はんにん》じゃない。さっきから何度もそう言ってるだろ」

イスに座《すわ》っている祐太郎《ゆうたろう》はうんざりした顔《かお》で答える。

しかし、桜子《さくらこ》は祐太郎《ゆうたろう》のことを疑《うたが》っているようだ。

和也《かずや》と彩奈《あやな》も同様である。防犯《ぼうはん》カメラに王冠《おうかん》を持って出てくるところが映《うつ》っていたのだ。

「だったら、あの映像《えいぞう》はなんなんですか?」

和也《かずや》がたずねると、祐太郎《ゆうたろう》が答えた。

「きっと、ドッペルゲンガーだよ」

「それってどういう意味ですか?」

先ほど桜子《さくらこ》が言っていたことだ。

「もちろん、俺《おれ》もそんな怪現象《かいげんしょう》が本当にあるとは思わない。もしかしたら、俺《おれ》とそっくりな見た目の奴《やつ》が王冠《おうかん》を盗《ぬす》んだのかもしれない。だけど、いずれにしても俺《おれ》が盗《ぬす》んだわけじゃないことだけはたしかだ」

「なるほど、祐太郎《ゆうたろう》さんが言っていることが本当だとしたら、桜子《さくらこ》さんが言う通りだとしたら、しかにこれは不可解《ふかかい》な事件《じけん》ってことになるわね」

彩奈《あやな》はあごに手をあて、「う〜ん」とうなった。

だが、和也《かずや》はある疑問《ぎもん》を抱《いだ》き、口を開いた。

「だけど、すでに防犯《ぼうはん》カメラにあなたの姿《すがた》が映《うつ》っているんですよ。無実を証明《しょうめい》できる別の証拠《しょうこ》はあるんですか？」

「もちろんあるよ」

「どんな証拠《しょうこ》ですか？」

興味《きょうみ》を持った和也《かずや》たちに、桜子《さくらこ》が話しかけた。

「私《わたし》もその証拠《しょうこ》を見たわ。たしかに完璧《かんぺき》なアリバイなの。だからこの謎《なぞ》が解《と》けなくて困《こま》っていたのよ」

そのため、桜子《さくらこ》はミステリー好きの和也《かずや》と彩奈《あやな》に助けを求めたのだ。

「これだよ」

祐太郎《ゆうたろう》は一枚《いちまい》の写真をテーブルの上に置いた。

そこには、夜、雪の降《ふ》る山の公園にいる祐太郎《ゆうたろう》が写っていた。

写真には日付もあり、それは事件《じけん》があった昨日である。

「俺《おれ》は動画の配信者をやってるんだ。それで昨日の夜、綺麗山《きれいざん》におもしろ動画を撮《と》りに行ったんだよ」

綺麗山《きれいざん》というのは、となりの県にある綺麗《きれい》な夜空が見えることで有名な山である。

動画を撮《と》るついでに、写真も撮《と》ったのだという。

写真のなかの祐太郎《ゆうたろう》は、雪の降《ふ》るなか、冬服のコートを着て、ピースをしていた。

祐太郎《ゆうたろう》のそばには、公園に設置《せっち》された『綺麗山《きれいざん》』と書かれた看板《かんばん》と、時計も写っている。時計の針《はり》は、王冠《おうかん》が盗《ぬす》まれた時刻《じこく》とほぼ同じ、夜の八時を指していた。

「綺麗山《きれいざん》は、ここから車で二時間以上離《はな》れた場所にあるだろ。山にいた俺《おれ》が王冠《おうかん》を盗《ぬす》めるわけがないんだ」

「それはそうよねえ」

彩奈《あやな》は写真を見て納得《なっとく》する。完璧《かんぺき》なアリバイの証拠《しょうこ》だ。

「だったら、防犯《ぼうはん》カメラに映《うつ》ってたのは、祐太郎《ゆうたろう》さんのドッペルゲンガーってこと？」

彩奈《あやな》は怯《おび》える。

だが、和也《かずや》が口を開いた。

「けど、写真の日付は、カメラの設定《せってい》で自由に変えることができるよね」

設定《せってい》を変えれば、昨日の日付にするのは簡単《かんたん》なことだったのだ。

「たしかにそうかも」

彩奈《あやな》もうなずく。

と、祐太郎《ゆうたろう》が席を立った。

「叔母《おば》さん、もういいだろう。帰って動画の編集《へんしゅう》をしなくちゃいけないんだ」

祐太郎《ゆうたろう》はそう言うと、部屋を出ていこうとした。

すると、彩奈《あやな》がそんな祐太郎《ゆうたろう》に声をかけた。

「そういえば、祐太郎《ゆうたろう》さんは王冠《おうかん》の存在《そんざい》を知ってたんですか？」

「え、それは」

「もちろん知ってるわ」

答えたのは、桜子《さくらこ》だ。

「祐太郎《ゆうたろう》は以前から、王冠《おうかん》をかぶって王様のコスプレをして、おもしろ動画を撮《と》りたいって言ってたの。だけどそんな風に使われるはイヤだから、断《ことわ》っていたのよ」

「おもしろ動画かあ」

和也《かずや》はそれを聞き、ふと、祐太郎《ゆうたろう》が見せた写真を見て、首をひねった。

「ところで、祐太郎《ゆうたろう》さんは昨日、綺麗山《きれいざん》でどんな動画を撮《と》ろうとしたんですか？」

「え、それはえぇっと」

祐太郎《ゆうたろう》はなぜか上手《うま》く答えられなかった。

その姿《すがた》を見て、和也《かずや》はふしぎに思う。そして、あらためて写真をじっと見つめた。

次の瞬間《しゅんかん》、和也《かずや》は写真のある部分を見て、ハッとした。

「これって、冬に撮《と》ったものじゃないのかも……」

和也《かずや》の言葉に、彩奈《あやな》と桜子《さくらこ》が驚《おどろ》く。

「和也《かずや》くん、どういうこと？」

「写真のなかの祐太郎《ゆうたろう》は冬着も着ているし、何より雪が降《ふ》ってるわよ」

「たしかに、パッと見ただけでは冬に撮《と》った写真に見えます。だけどよく見ると、これが『夏』に撮《と》られた写真だとわかるんです！」

「えええ？　夏に撮《と》った写真？」

十分後。祐太郎《ゆうたろう》は和也《かずや》に写真のある部分を指摘《してき》され、夏に撮《と》った写真だと白状《はくじょう》した。

王冠《おうかん》を盗《ぬす》んだのは、桜子《さくらこ》がおもしろ動画を撮《と》るために貸《か》してくれなかったためだ。動画を撮《と》ってすぐに返そうと思ったが、それより早く桜子《さくらこ》が家に帰ってきてしまい、返すことができなくなったのだという。

しかも、防犯《ぼうはん》カメラがあることをすっかり忘《わす》れていて、自分の姿《すがた》がしっかり映《うつ》ってしまっていた。

祐太郎《ゆうたろう》は自分の犯行《はんこう》を誤魔化《ごまか》すために、夏に綺麗山《きれいざん》に行って撮《と》ったおもしろ動画の写真を、日付を変えて、あたかも昨日撮《と》った写真のように加工して、嘘《うそ》のアリバイを作ったのだ。

祐太郎《ゆうたろう》は桜子《さくらこ》に謝《あやま》り、桜子《さくらこ》も許《ゆる》した。そして、王冠《おうかん》も返ってきた。

和也《かずや》と彩奈《あやな》の活躍《かつやく》によって、無事不可解《ふかかい》な事件《じけん》は解決《かいけつ》したのだ。

「だけど、この綺麗山《きれいざん》の写真、どこがおもしろいんですか？」

和也《かずや》は祐太郎《ゆうたろう》にたずねた。

「そ、それは、夏なのに冬みたいに見えるところがおもしろいと思って」

わざわざ紙で作った雪を降《ふ》らせ、冬着を着て動画や写真を撮《と》ったのだという。

「全然おもしろくないと思うんだけど」

「うんうん、私《わたし》もそう思う」

「ええ、そんな～」

和也《かずや》と彩奈《あやな》の言葉に、祐太郎《ゆうたろう》がガックリ肩《かた》を落とすのだった。

さて、和也《かずや》は写真のどこを見て、冬ではなく夏に撮《と》った写真だと気づいたのだろう？

答え

写真の夜空に、「天の川」が写っていた。

天の川は冬にも見えるが、冬の天の川は薄《うす》く星も少ない。写真の天の川は濃《こ》くたくさんの星が見えている。それは「夏の天の川」の特徴《とくちょう》である。
和也《かずや》はそれを知っていて、写真が夏に撮《と》られたものであると気づいたのだ。

FILE.5

夜のファミレスで出会ったJKの話

どこがおかしいかわかりますか？

こんばんは。あの、もしちがっていたらすみません。

小説家のN先生じゃありませんか？

あ、やっぱり！

え、先生ってこのあたりにお住まいだったんですか？

わー。うれしい。わたし、小学生のときからN先生のファンなんですよ！

高校生になった今でも、先生のホラー作品、ぜんぶ好きです。むかし遊びのやつとか百物語とか。短編集《たんぺんしゅう》に入ってた、見るだけでやせる動画の話なんか気持ちわるくて最高でした。同じ短編集《たんぺんしゅう》に収録《しゅうろく》されてたゾンビになった幼《おさな》なじみとの話はエモくて、泣いちゃいましたけど。

あの、いきなりですみません。握手《あくしゅ》してもらってもいいですか？　っていうか、サインしていただけませんか？　あ、でも本とか今持ってなくて。いけない、ペンもだ。

え？　いいんですか？　わー。すみません、すみません。うれしい。大事にしますね。

あ、ちょっと待ってください。手、拭《ふ》きますから。

あの、では失礼して。やば。感動。

ところでちょっと気になってたんですけど、そのパソコン、もしかして原稿《げんこう》を書いてたんですか？　わー。すごい。今まさに物語が生み出されているところなんですね。

あ、でもだったら、わたし邪魔《じゃま》ですよね？　ごめんなさい。お仕事中なのに。

え、いや、わたしは……あんまり家にいたくなくて。ちょっと居心地《いごこち》わるいっていうか。だから、ここでごはん食べてから帰ろうかなと思ってたんです。

いいんですか？　でも、わるくないですか？　本当ですか？　うれしい。

そうだ。それなら、わたし、ドリンク持ってきますよ。

いいです、いいです。これくらい。わたしも飲みますし。

先生は何を飲まれます？　はい、コーヒーですね、わかりました。お砂糖《さとう》やミルクは？　あ、そっか。入れないんですよね。以前、インタビューでも答えてましたよね。作品では、甘《あま》いものたくさん出てくるのに。

では、少し待っていてください。

どうぞ、お待たせしました。

あのー。こんなこと聞いたらいけないってわかってるんですけど、ちょっとだけいいですか？　もし、イヤだったら答えなくていいので。次の作品って、どんな内容《ないよう》なんですか？　やっぱりファンとしては気になっちゃいまして。

わー、ひさしぶりにホラー・ミステリーなんですね。楽しみー。

あ、それで思い出したんですけど、先生、サハラミチルって知ってますか？

いえ、アイドルとかマンガのキャラじゃないんです。

ちょっとした都市伝説っていうか、ＳＮＳでもウワサされてる子の名前です。

ずいぶん前に行方《ゆくえ》不明になってしまった女子高校生らしいんですけど。

サハラミチルは学校でひどいいじめにあってたんですよ。

持ち物を隠《かく》されたり、壊《こわ》されたりっていうのは日常茶飯事《にちじょうさはんじ》で、暴力《ぼうりょく》をふるわれることも少なくありませんでした。女子のコミュニティだけじゃなくて、男子もいっしょになってサハラミチルをいじめていました。

担任《たんにん》の教師《きょうし》は人気のある子たちの味方だったので、助けてくれなかったみたいです。

親には話せませんでした。

先生も、その気持ちわかります？　ですよね。いじめられている自分を認《みと》めるのって恥《は》ずかしいし、親をがっかりさせるかもしれないですもんね。

サハラミチルはひとりで問題を抱《かか》え続けたんですけど、ある日、ふっと消えちゃったんです。ふつうに学校で授業《じゅぎょう》を受けて、放課後になって、それきりです。

その夜、親が警察《けいさつ》に相談して、家出か、何か事件《じけん》や事故《じこ》に巻《ま》きこまれたのかって話になりました。

はい。そうでね。サハラミチルをいじめていたみんなは、先生と同じように、すぐに自殺を考えたと思います。

それも、サハラミチルが自ら命を絶《た》っていたらどうしよう、というような後悔《こうかい》の気持ちじゃなくて、そうなっていたらおもしろいなって感じの。

ただ、数日が経《た》ってもなんの手がかりも発見されませんでした。

ところで、その高校には開かずの間って呼《よ》ばれている教室があったんですよ。

あ、先生の学校にもあったんですか？　はい。はい。あ、いっしょです。カギがかかったままふだんは使われていない空き教室がそう呼《よ》ばれていたんです。どこの学校にもひとつくらいあるのかもしれませんね。

その空き教室が、すごくひさしぶりに利用されることになったんですけど、いざ開けようとしたら、カギが壊《こわ》されていたんですよ。

入ってみると、異様《いよう》な光景が広がっていました。教室の真ん中に祭壇《さいだん》のようなものが作られていて、お供《そな》え物《もの》があったんです。そのお供《そな》え物《もの》は腐《くさ》っていて、だからすごいにおいがして、ハエがたかっていたらしいです。

それだけじゃないんです。祭壇《さいだん》には、サハラミチルのクラスメイトと担任教師《たんにんきょうし》の写真も置いてあったんですよ。

すぐに、いなくなったサハラミチルの仕業《しわざ》だってウワサになりました。サハラミチルは自分をいじめていたクラスメイトに呪《のろ》いをかけたにちがいないって。

結局、本人は見つからなかったんですけどね。

あ、はい。もちろんです。新作の参考になるなら、わたしもうれしいですし、どんどんメモしちゃってください。

それで、サハラミチルがいなくなってから一年ほどしたころですかね、かつて担任《たんにん》をしていた教師《きょうし》が事故《じこ》を起こしたんです。自宅《じたく》の駐車場《ちゅうしゃじょう》から車を出そうとして、自分の子をひいてしまったそうです。

それから二か月後くらいに、今度はサハラミチルの元クラスメイトの自宅《じたく》が火事で全焼《ぜんしょう》しました。本人も家族も命は無事でしたけど、重い火傷《やけど》を負って、今も後遺症《こういしょう》に苦しんでいるとか。

同じころ、やっぱり元クラスメイトが、原因《げんいん》不明の病気にかかりました。血を吐《は》いて止まらなくなるそうです。検査《けんさ》してもどこも傷《きず》ついていないし、何かのウイルスに感染《かんせん》している様子もないのに、です。どんどん体が弱っていって、命が危《あぶ》ない、ってなると血を吐《は》かなくなるんです。でも回復《かいふく》すると、また血を吐《は》き出《だ》す。いつまでも完治しないいんだそうです。

はい。そうです。みんな、空き教室の祭壇《さいだん》で見つかった写真のひとたちです。

この三人だけじゃありません。大勢《おおぜい》のかつてのクラスメイトに、なにかしらの不幸《ふこう》が降《ふ》りかかっているんです。

先生はどう思われます？　呪《のろ》いって本当にあると思いますか？

え、そうなんですか？　意外です。あんなに怖《こわ》い話を書いているのに、幽霊《ゆうれい》とか呪《のろ》いとか、まったく信じていないんですか？

はい。はい。え、道端《みちばた》のお地蔵《じぞう》さまを蹴《け》りつけたら？　そんなの罰当《ばちあ》たりって思いますよ。ええ、その次の日に足にアザができていたら？　ぶつけてもいないのに？　やっぱり、前の日にお地蔵《じぞう》さまを蹴《け》ったせいだって思うかもしれません。

まあたしかに、ふたつの出来事が関係していると証明《しょうめい》はできないですけど。

なるほど、それを関連づけて考えてしまうこと、つまり思いこみこそが、呪《のろ》いの正体だってことですね？

だけど、サハラミチルの被害者《ひがいしゃ》はひとりじゃありませんよ。何人も不幸《ふこう》な目にあってるんです。それが関係ないって、先生は言うんですか？

はい。はい。うーん、なるほど。初めは本当に偶然《ぐうぜん》だった現象《げんしょう》に、呪《のろ》いという名前をつけることで、心あたりのある者が自己暗示《じこあんじ》にかかって、不幸《ふこう》を招《まね》き寄《よ》せてしまった、ということですね。

さすが先生。冷静ですね。

言われてみると、そうなんじゃないかって気がしてきました。作家さんって、やっぱり論理的《ろんりてき》に考えているんですね。尊敬《そんけい》します。

ところで先生、サハラミチルって、本当にごぞんじないんですか？

本当の本当に？

まったく思い出せませんか？

……忘《わす》れちゃったんですか？

ねえ、先生。

よく見てください。わたしの顔、覚えてませんか？

そうですか。さみしいなあ。高校で同じクラスだったのに。

いつもわたしがいじめられているのを、見ていたじゃないですか。

それとも、そんな自分がイヤで忘《わす》れることにしたんですか？　なかったことにしたんですか？　ひどいですね。そんな人間が作家なんてして、いいんですか？

……なーんちゃって。あはは。びっくりしました？

先生なら、こういう話、お好きだと思って。ふふふ。ごめんなさい。

それより、そのコーヒー、味はふつうでした？　もう半分以上、飲んでますよね。ちょっとうかつじゃないです？　知らない人が持ってきた飲み物に口をつけたりしたらダメですよ。何か入ってるかもしれないのに。ふふふ。

眠《ねむ》いですか？　薬が効《き》いてきたんですね。先生ってずいぶん強い薬を処方《しょほう》されているんですね。用法用量を守らずに飲んだら、危《あぶ》ないですよ。ふふ。ふ。

ねえ、先生。

このお店の防犯《ぼうはん》カメラ、今、先生の前にいるわたし、映《うつ》ってますかね？　どう思われます？　もしわたしが映《うつ》っていなければ、先生はひとりでお薬を飲んだみたいに見え――って聞いてます？　せーんせ。せんせー。

ふふ。かわいい寝顔《ねがお》。

おやすみなさい、先生。

FILE.6

遊園地

どこがおかしいかわかりますか？

噴水《ふんすい》の前のベンチに、わたしは体を投げ出すようにして、ドサッと腰《こし》を下ろした。

「大丈夫《だいじょうぶ》？」

ミカがわたしの顔をのぞきこむ。

「うん。大丈夫《だいじょうぶ》」

わたしは苦笑いして、ため息をついた。

「あーあ、もう年だなー。まさか、コースターに乗ったくらいで、気分悪くなるなんて思わなかった」

「何言ってるの。まだ二十一でしょ」

同い年のミカは、笑いながら、わたしを軽くにらむと、

「なんか、冷たいもの買ってくるね」

そう言って、売店に向かって走っていった。

わたしはミカの後《うし》ろ姿《すがた》を見送ると、ベンチの背《せ》もたれに体をあずけて、空を見上げた。

頭上には、雲ひとつない青空が広がっている。

十月最後の日曜日。

ここ〈エトアールランド〉は、地元では有名な遊園地で、今日も多くの家族連れやカップルでにぎわっていた。

最近、ある出来事がきっかけで、部屋に引きこもっていたわたしを、ミカが心配して、引《ひ》っ張《ぱ》り出してくれたのだ。

開園と同時に入園したわたしたちは、ワンデーパスを買うと、まず〈わんわんコースター〉の乗り場に並《なら》んだ。

先頭に犬の顔がついた、回転も急降下《きゅうこうか》もない、子ども向けのおだやかなコースターだ。

次に乗ったのは、猿《さる》の絵が描《えが》かれたゴンドラが、地上二十メートルまで一気に上昇《じょうしょう》して、左右にゆらゆらと揺《ゆ》れながら落ちていく〈モンキースイング〉で、たぶん、この時点で少し気分が悪くなっていたんだと思う。

そこから休憩《きゅうけい》を取らずに、ひねりながら宙返《ちゅうがえ》りをするこの遊園地の目玉、〈ドラゴンコースター〉に乗ったところで、わたしがダウンしてしまったのだ。

噴水《ふんすい》のそばでは、黄色いネコの着ぐるみが、子どもたちに手をふっている。

気持ちのいい風にふかれて、大きく深呼吸《しんこきゅう》をしながら、わたしはこの数か月のことを思い返した――。


大学三年生のわたしが、友だちに誘《さそ》われて、他大学との合同バーベキューに参加したのは、夏の終わりのことだった。

友だちに次々と彼氏《かれし》ができていくのを見て、わたしにもいい出会いがないかな、とぼやいていたら、同じゼミの女の子がバーベキューに誘《さそ》ってくれたのだ。

そこで知り合ったのが、ケイタだった。

ケイタは違《ちが》う大学に通う、わたしと同じ二十一歳《さい》。

第一印象は、ちょっと怖《こわ》そうな人だな、と思ったけど、話してみると案外聞き上手《じょうず》で、話しやすかった。

結局その日は、連絡先《れんらくさき》を交換《こうかん》して帰ったんだけど、バーベキューから三日ほどして、ケイタから連絡《れんらく》があった。

お芝居《しばい》のチケットがあるんだけど、いっしょに行かないか、というのだ。

それは、わたしが通っている大学のOBが立ち上げた劇団《げきだん》で、わたしも学内でポスターを見かけて、見に行きたいと思っていたところだった。

迷《まよ》った末に、わたしは誘《さそ》いを受けることにした。

そして、お芝居《しばい》の帰りにカフェでおしゃべりをして、駅前で別れる直前、

「あの……もしよかったら」

ケイタはそう言って、小さな包みを差し出した。

中身は、柴犬《しばいぬ》がイルカの着ぐるみを着ている、手のひらサイズのぬいぐるみだった。

わたしはびっくりした。

それは、ある地方とゆるキャラのコラボ商品で、値段《ねだん》は高くないけど、その地方でしか買えないレアなものだったのだ。

そのキャラクターが大好きなわたしは、すごく欲《ほ》しかったんだけど、ネットオークションで高値《たかね》で取引されているのを見て、諦《あきら》めていた。

「これ、どうしたの？」

わたしが聞くと、ケイタはちょっと照れながら、ちょうどその地方に旅行に行く機会があったから、バーベキューのときにわたしが好きだと言っていたのを思い出して、買ってきたのだと言った。

「おれが持っててもしょうがないから、もらってよ」

というケイタの言葉に、わたしはありがたく受け取ることにした。

それ以来、わたしとケイタは映画《えいが》やお芝居《しばい》を観《み》たり、ごはんを食べに行くようになった。

ケイタと過《す》ごすのは楽しかった。

わたしがはまってるドラマをケイタも見ていたり、いいなと思ってる曲を知っていたりして、気が合うっていうのはこういうことなんだな、と思ったりもした。

そして、知り合ってから二か月ほどが経《た》ったある日、映画《えいが》を見に行った帰りに、「つき合ってほしい」と告白された。

すごく気が合うし、いい人だとは思うけど、まだ知り合って間もなかったので、

「二、三日、考えさせてくれる？」

わたしがそう言うと、ケイタは素直《すなお》に、

「わかった」

とうなずいた。

次の日、わたしはミカに相談した。

ミカは大学は別だけど、高校からの親友で、二か月前のバーベキューにも、わたしが誘《さそ》って参加していたのだ。

久《ひさ》しぶりにゆっくり話そうと、ひとり暮らしをしているわたしの部屋に泊《と》まりに来たミカに、ケイタから告白されたことを話して、

「どう思う？」

と聞いてみると、ミカは微妙《びみょう》な顔で、

「わたしはあんまり……」

と首をひねった。

「どうして？」

「うーん……なんか、ちょっと怪《あや》しいんだよね」

ミカは顔をくもらせてそう言った。

ケイタとのことは、ミカにもよく話していたんだけど、なんとなく違和感《いわかん》があるらしい。

「覚えてる範囲《はんい》でいいから、ケイタくんと仲良くなったきっかけとか、気が合うなと思った出来事を話してみて」

ミカに言われて、わたしはこの二か月のことを思い出しながら、順番に話した。

わたしが話し終わると、ミカはしばらく無言で考えていたけど、

「やっぱり、それっておかしくない？」

と言い出した。

ケイタの勘《かん》が良すぎるというのだ。

「ねえ。ケイタくんから、何かもらったものはない？　置き時計とか人形とか……」

「ぬいぐるみならもらったけど……」

わたしは、あの柴犬《しばいぬ》のぬいぐるみを持ってきた。

ミカはぬいぐるみをつかんだり、ひっくり返したりしていたけど、しばらくすると、

「しっ！」
人差し指を口に当てて、ぬいぐるみの背中《せなか》を指さした。
ちょうど真ん中あたりの糸がほつれていて、強く押《お》すと、何か硬《かた》いものが入ってい
るのがわかる。
糸を切ってそっと開けると、なかから黒い小さな機械が出てきた。
画像検索《がぞうけんさく》で調べると、それは小型の盗聴器《とうちょうき》だった。

次の日。
「返事をするから」と言ってケイタを呼《よ》び出《だ》すと、わたしはミカといっしょに約束の
場所に向かった。
「あれ？　どうしたの？」
ミカを見て、戸惑《とまど》った表情《ひょうじょう》を浮《う》かべるケイタに、わたしは無言で、ぬいぐるみと盗《とう》
聴器《ちょうき》の入った紙袋《かみぶくろ》を渡《わた》した。
ケイタが紙袋《かみぶくろ》のなかをのぞきこんで凍《こお》りつく。

そして、わたしとミカをにらむと、黙《だま》って去っていった。

話が合うと思っていたのは、ずっとわたしの部屋を盗聴《とうちょう》して、見ているドラマや好きな音楽を調べた上で、偶然《ぐうぜん》好みが合ったように見せかけていただけだったのだ。

わたしはケイタの連絡先《れんらくさき》を消去すると、しばらく実家に帰った。

一週間ほどして、マンションに戻《もど》ってきてからも、最低限《さいていげん》の講義《こうぎ》以外は外出しないようにした。

さいわい、ケイタとは大学も住んでいる街も違《ちが》うので、大学と家の往復《おうふく》だけしていれば、顔を合わせることはない。

そして、ようやく元気が出てきたところで、ミカが遊園地に誘《さそ》ってくれたのだ。

「おまたせー」

ミカは青いソーダに特大のソフトクリームがのったクリームソーダを両手に戻《もど》ってきた。

「ありがと」

ソーダを受け取って、クリームにかぶりつきながら、ふと目を向けると、ネコはいつのまにかいなくなって、ピンクのウサギの着ぐるみが、子どもたちに風船を配っていた。

ソーダを飲み終えると、わたしたちはアトラクションめぐりを再開《さいかい》した。

次に乗ったのは、ふたり乗りの小さな車に乗って、細かくカーブするレールの上を、ペダルをこいで進んでいく、〈マウストリップ〉というアトラクションだ。

たしかに乗ってみると、ちょろちょろと進む姿《すがた》が、ネズミを連想させる。

ペダルをこいで、少し疲《つか》れたので、今度は座《すわ》っているだけでいいティーカップに乗った。

並《なら》んで座《すわ》って、中央にある丸いハンドルをまわすと、ぐるぐると回転する。

また気分が悪くなると困《こま》るので、回転はほどほどにして、わたしたちはスマホで自《じ》撮《ど》りした。

降《お》りてから写真を見直すと、わたしたちの後ろに、子どもを撮影《さつえい》するお父さんやお母さんの姿《すがた》が写っていた。

続いて、となりにあった和風のお化け屋敷《やしき》に入ってみる。

障子《しょうじ》が勢《いきお》いよく開いて、白い着物の女性《じょせい》の首が、天井《てんじょう》に届《とど》くくらいまで伸《の》びたり、両開きの扉《とびら》が開いて、真っ赤な顔をした鬼《おに》が、ガオーッと大声をあげたり、怖《こわ》いというより、なんだか懐《なつ》かしいお化け屋敷《やしき》だった。

ただ、出口が近くなって、油断《ゆだん》していたところに、天井《てんじょう》から蛇《へび》のおもちゃが落ちてきたのはさすがにびっくりして、わたしたちは悲鳴をあげながら逃《に》げ出《だ》した。

お昼ごはんには少し時間が遅《おそ》かったからか、フードコートはそれほど混《こ》んでいなかった。

「今さらなんだけど……」

遊園地名物のチキンカレーを食べながら、ミカが言った。

「どうしてあんな男とふたりで、お芝居《しばい》に行こうと思ったの？」

「だって、ちょうどわたしも見たいと思ってたから……」

わたしはすねたように口をとがらせた。

「わたし、それも怪《あや》しいと思うんだよね」

ミカは眉《まゆ》を寄《よ》せて言った。

「でも、まだ盗聴器《とうちょうき》を仕掛《しか》けられる前だよ」

「そうなんだけど……そのポスターを見たのって、売店の横の掲示板《けいじばん》だよね？」

「うん、そうだけど……」

食堂の入り口には売店があって、そのそばに映画《えいが》やコンサートのチラシが貼《は》られた掲示板《けいじばん》がある。

ミカは文化祭やなんかで、うちの大学に何度か遊びに来たことがあって、掲示板《けいじばん》のことも知っていた。

「もしかしたら、こっそり大学にやってきて、ポスターを熱心に見てるところを、近くで見てたんじゃない？」

ミカの言葉に、わたしは絶句《ぜっく》した。

たしかに、わたしはバーベキューの時に、どこの大学に通っているか話しているし、そのころはまだ、ケイタの顔をそんなに覚えていなかったから、近くにいても気づかなかったかもしれない。

あらためてゾッとしたわたしは顔をしかめて、オムライスにスプーンを突《つ》き立《た》てた。

ごはんを食べ終えると、わたしたちはフードコートのとなりにあるゲームコーナーに向かった。

画面に表示《ひょうじ》されるかごを左右に動かして、にわとりの産んだ卵《たまご》をキャッチするゲームでは、ミカが反射神経《はんしゃしんけい》のいいところを発揮《はっき》して、見事にひよこのぬいぐるみをゲットした。

ゲームコーナーを出たところで、トラの着ぐるみと記念写真を撮《と》ってから、メリーゴーランドに向かう。

この遊園地のメリーゴーランドは、〈牧場《まきば》のメリーゴーランド〉というコンセプトで、馬だけではなく、牛や羊も選ぶことができるのだ。

わたしはモコモコした羊に、ミカは怒《おこ》った顔をしたイノシシにまたがった。

動き出す前に、スタッフさんにお願いして、記念写真を撮ってもらう。

「これでだいたいまわったかな？」

回転が止まって、イノシシから降《お》りてきたミカが、満足そうに笑った。

「そうだね。あとは、あれだけかな」

わたしは、園の一番奥《おく》にある観覧車《かんらんしゃ》を指さした――。

「あー、疲《つか》れた」

遠くの夕陽《ゆうひ》が、園内を赤く染《そ》めている。

わたしは、はじめに休憩《きゅうけい》した噴水《ふんすい》の前のベンチに腰《こし》を下ろした。

「どう？　元気出た？」

朝と同じように、顔をのぞきこむミカに、

「うん、ありがとう」

わたしは笑顔《えがお》で返した。

「それじゃあ、そろそろ帰ろっか」

ミカは大きく伸《の》びをすると、

「あ、その前に、これをもらってこないと」

と言って、ポケットから引換券《ひきかえけん》を取り出した。

ゲームコーナーでゲットしたひよこのぬいぐるみを、持ち歩くのは大変だからと、帰るときまであずかってもらっていたのだ。

ここからだと、ゲームコーナーは出口とは逆方向《ぎゃくほうこう》になる。

「ちょっと行ってくるから、ここで待ってて」

そう言うと、ミカは急ぎ足で、園の奥《おく》へと戻《もど》っていった。

わたしはスマホを取り出して、今日撮《と》った写真を見返した。

入園してすぐに、わんわんコースターの前で撮《と》った写真にはじまって、ティーカップに乗りながら撮《と》った自撮《じど》りに、お昼に食べたオムライス。

メリーゴーランドや観覧車《かんらんしゃ》の前で、スタッフさんに撮《と》ってもらったミカとのツーショット……。

「あれ？」

わたしはスマホに指を滑《すべ》らせて、もう一度はじめから見直した。

ティーカップの自撮《じど》りの後ろに、じっと立っている着ぐるみのネコの姿《すがた》が写っている。

それは、わたしが気分が悪くなってベンチで休憩《きゅうけい》しているときに、噴水《ふんすい》のそばで見かけた、あのネコだった。

ネコは、メリーゴーランドで撮ってもらった写真の背後にも、観覧車《かんらんしゃ》の写真にも写っていた。

だけど、よく考えたら、それはおかしい。

入り口でもらったパンフレットにも書いてあったはずだ。

わたしたちが、一番はじめに乗ったのは〈わんわんコースター〉で、次が〈モンキースイング〉と〈ドラゴンコースター〉。

休憩《きゅうけい》した後は〈マウストリップ〉に乗って、お化け屋敷《やしき》では〈蛇《へび》〉が落ちてきた。

ゲームコーナーでミカがチャレンジしたのは、卵《たまご》を産む〈にわとり〉のゲームだ。

途中《とちゅう》で見かけた着ぐるみは、〈ウサギ〉と〈トラ〉で、メリーゴーランドでまわっていたのは、〈ウマ〉〈ウシ〉〈ヒツジ〉〈イノシシ〉……。

そして、園の名前は〈エトアールランド〉。

そう。ここは、干支《えと》をモチーフにした遊園地なのだ。

イヌ、サル、タツ、ネズミ、ヘビ、トリ、ウサギ、トラ、ウマ、ウシ、ヒツジ、イノシシ……。

すべて、干支《えと》に出てくる動物ばかりだ。

だけど、干支《えと》のなかにネコはいない。

だから、堂々とネコの着ぐるみが歩いているのはおかしかった。

それに、どうしてわたしの撮《と》った写真に、カメラ目線で写っているのだろう。

まるで、わたしをずっと見ているみたいに——。

ふと手もとが暗くなって、おそるおそる顔を上げると、すぐ目の前でネコの着ぐるみが、赤い風船を差し出していた。

「どうぞ」

それは、聞いたことのある声だった。

FILE.7

選《せん》択《たく》せよ

どこがおかしいかわかりますか?

ある日。小学六年生の誠《まこと》と、久美《くみ》、若葉《わかば》、康介《こうすけ》の四人は、クラスメイトの玲人《れいと》に呼《よ》ばれ、休日、小学校の教室にやってきた。

「玲人《れいと》くん、一体なんの用事なんだ？」

誠《まこと》は不安に思う。とつぜん、玲人《れいと》から電話がかかってきたが、今まで彼《かれ》から電話がかかってきたことなど一度もなかったのだ。

「私《わたし》、玲人《れいと》くんとそこまで仲がいいわけじゃないんだけど」

「私《わたし》も。急に電話がかかってきたからびっくりしちゃった」

久美《くみ》も若葉《わかば》も、誠《まこと》と同じように玲人《れいと》から呼《よ》び出《だ》されたことに戸惑《とまど》っていた。

「だけど、僕《ぼく》たちにすごく大切な用事があるって言ってたよね？」

康介《こうすけ》の言葉に、一同はうなずく。

「それにしても、このことは僕《ぼく》たち四人以外にはぜったいにだれにもしゃべっちゃいけないってどういうことなんだろう？」

誠《まこと》はそれがふしぎでならなかった。理由はわからなかったが、玲人《れいと》はかなり真剣《しんけん》な声で言っていたのだ。

やがて、四人は自分たちのクラスである六年二組の教室にやってきた。

しかし、玲人《れいと》はどこにもいない。

「まだ来てないのかな？」

誠《まこと》がそう言うと、教卓《きょうたく》のそばにいた若葉《わかば》が声をあげた。

「ねえ、こんなものが置いてあるよ」

教卓《きょうたく》の上に、なぜかタブレットが置かれていたのだ。

「どうしてこんなところに？」

「先生が忘《わす》れていったのかしら？」

誠《まこと》たちが首をかしげていると、そのとき――、
バタンッ！

教室の前のドアが、勢《いきお》いよく閉《し》まった。

「わ、何？」

康介《こうすけ》はドアを開けようとするが、なぜかまったく開かない。

「どうして？」

戸惑《とまど》っていると、久美《くみ》が何かに気づき、反対側の窓《まど》のほうに近づいた。

「ねえ、この窓《まど》なんなの？」

窓《まど》に引かれていたカーテンを開けると、なんと窓《まど》が板で目張《めば》りされていたのだ。

「まさか」

誠《まこと》はあわてて後ろのドアをチェックする。

だが、後ろのドアも前のドアと同じように、まったく開かなかった。

「これって、僕《ぼく》たち教室に閉《と》じ込《こ》められたんじゃ？」

「ええええ？」

誠《まこと》たちが困惑《こんわく》していると、教卓《きょうたく》の上に置かれていたタブレットから声が聞こえた。

「ドアは、完全に開かないようにしたたよ」

「玲人《れいと》くん⁉」

若葉《わかば》がタブレットを見て驚《おどろ》く。

タブレットの画面に、玲人《れいと》が映《うつ》っていた。

「玲人《れいと》くん、これはどういうことなんだ？」

誠《まこと》たちは教卓《きょうたく》の前に集まる。

そんな彼《かれ》らを、玲人《れいと》はタブレットのカメラごしに見て、フッと笑った。

「誠《まこと》くん、久美《くみ》さん、若葉《わかば》さん、康介《こうすけ》くん。君たちをなぜここに呼《よ》んだのかわかるかい？」

「そんなのわからないわよ」

「久美《くみ》さん、そう言うと思ったよ。僕《ぼく》は日ごろからミステリーが好きで、学校の休み時間もよくミステリー小説を読んでいただろう？」

それを聞き、誠《まこと》たちは、玲人《れいと》がいつも自分の席でミステリー小説を読んでいた姿《すがた》を思い出す。

「ちょうど一か月前の昼休み、そんな僕《ぼく》に君たち四人は笑いながらこう言ったんだ。

『いくらミステリーが好きでも、自分では謎《なぞ》とか作れないよね』とね」

「それって」

「たしかに言ったような気がするけど……」

若葉《わかば》の言葉に、誠《まこと》たちは小さくうなずく。

玲人《れいと》は、そんな彼《かれ》らをじっと見つめた。

「君たちは軽い気持ちで言っただけだろうけど、僕《ぼく》はすごく腹《はら》が立ったんだ。だから、君たちに僕《ぼく》も謎《なぞ》を作れることを証明《しょうめい》したいと思ったんだよ」

「まさか、教室に閉《と》じ込《こ》めたのはそれを証明《しょうめい》するためってこと？」

誠《まこと》がたずねると、玲人《れいと》は大きくうなずいた。

「今から君たちに、僕《ぼく》の作った謎《なぞ》に挑戦《ちょうせん》してもらうよ」

「謎《なぞ》に？」

「玲人《れいと》くん、変なイタズラはやめて！　先生を呼《よ》ぶわよ」

動揺《どうよう》する誠《まこと》の横で、久美《くみ》が怒鳴《どな》る。今日は休日なので、校内に入るためには先生の許可《きょか》がいる。四人は先ほど職員室《しょくいんしつ》にいた村岡《むらおか》先生に声をかけていたのだ。

すると、玲人《れいと》がまたフッと笑った。

「今日は、学校には村岡《むらおか》先生しかいない。その村岡《むらおか》先生は、今は職員室《しょくいんしつ》で昼寝《ひるね》をしているよ」

村岡《むらおか》先生は一度寝《ね》ると、簡単《かんたん》には起きないらしい。

「つまり、助けを呼《よ》んでも、先生の耳には届《とど》かないってことさ」

そもそも職員室《しょくいんしつ》は東校舎《こうしゃ》にあり、誠《まこと》たちがいる教室は西校舎《こうしゃ》で、ここから叫《さけ》んでも、声は聞こえないだろう。

「君たちがその教室から出るためには、僕《ぼく》の考えた謎《なぞ》を解《と》くしかないってことだ」

玲人《れいと》は画面ごしに誠《まこと》たちを睨《にら》む。

その迫力《はくりょく》に誠《まこと》たちはたじろぐ。どうやら、謎《なぞ》に挑戦《ちょうせん》するしかないようだ。

「だけど、どんな謎《なぞ》なんだ？」

誠《まこと》がそう言うと、玲人《れいと》は冷静な口調で答えた。

「誠《まこと》くん、君の机《つくえ》のなかを見るんだ」

「机《つくえ》のなか？」

誠《まこと》は意味がわからなかったものの、自分の机《つくえ》へと行き、なかをチェックした。

「あっ」

なかに、大きな封筒《ふうとう》が入っている。

戸惑《とまど》いながらその封筒《ふうとう》を取り出すと、玲人《れいと》が話しかけた。

「封筒《ふうとう》を取ったかい？　なかに入っているものを見てみて」

誠《まこと》は慎重《しんちょう》に封筒《ふうとう》を開け、なかのものを取り出す。

すると、そこには額《がく》が入っていた。

「これは……」

「ねえ、誠《まこと》くん、その額《がく》はなんなの？」

「康介《こうすけ》くん、みんな、ちょっと見て」

教卓《きょうたく》に戻《もど》ってきた誠《まこと》は、みんなに額《がく》を見せる。

額《がく》には、四枚《まい》の写真が収《おさ》められていた。

「なんだ、この写真？」

「私《わたし》たち……よね？」

久美《くみ》の言葉に、誠《まこと》たちは大きくうなずいた。

右上にある写真には、公園で犬の散歩をしている誠《まこと》の姿《すがた》が写っていた。

左上にある写真には、交差点で信号待ちをしている久美《くみ》の姿《すがた》が写っている。

右下の写真には、コンビニの前にいる若葉《わかば》の姿《すがた》が写っている。

左下の写真には、学校のコートでサッカーをして遊ぶ康介《こうすけ》の姿《すがた》が写っていた。


「玲人《れいと》くん、この写真はなんなんだ？」

「それは、僕《ぼく》が君たちをカメラで直接撮《ちょくせつと》った写真だよ。よく撮《と》れているだろう？」

「もしかして隠《かく》し撮《ど》りしたってこと？」

「この交差点って、『中田《なかた》デンタルクリニック』の看板《かんばん》がある交差点だわ」

「私《わたし》のは、家の近所のコンビニだよ」

「僕《ぼく》が、サッカーをしてるってことは、先週の放課後かな」

「僕《ぼく》のは……、服装《ふくそう》からして、昨日タロを散歩させたときの写真みたいだ」

誠《まこと》たちは、タブレットのなかの玲人《れいと》を見た。

「だけど、この写真がなんだっていうんだ？」

写真はただ玲人《れいと》が隠《かく》し撮《ど》りしたものなのだ。

　すると、玲人《れいと》はフッと笑った。

「その四枚《まい》の写真のなかに、たった一枚《いちまい》、君たちを直接撮《ちょくせつと》った写真ではないものが交じっている。その写真がどれなのか見つけ出すんだ」

「えええ？」

「制限時間《せいげん》は三十分。正解《せいかい》がわかれば教室から出すよ。だけど、もし正解《せいかい》がわからなかったり、外れた場合は、村岡《むらおか》先生には、誠《まこと》くんたちはもう帰ったと言って、学校を閉《し》めてもらうよ」

「そんな！」

「何言ってるの！」

「それじゃあ家に帰れないよ！」

「玲人《れいと》くん、教室から出してよ！」

「出たかったら、謎《なぞ》を解《と》くんだ。それじゃあ三十分後、楽しみにしているよ」

　玲人《れいと》は、画面の向こうからいなくなってしまった。

「ちょっと玲人《れいと》くん！」

「こんなことやめてってば！」

若葉《わかば》と康介《こうすけ》が叫《さけ》ぶが、タブレットの画面に、玲人《れいと》は現《あらわ》れない。三十分後に答えを聞くまでは現《あらわ》れない気なのだろう。

「謎《なぞ》を解《と》くしかないってことみたいだね……」

誠《まこと》の言葉に、みんな戸惑《とまど》いながらも唾《つば》を飲《の》み込《こ》む。それしか方法はないようだ。


「だけど、どうすればいいんだろう」

誠《まこと》たちは、額《がく》に収《おさ》められた四枚《まい》の写真を見ていた。

「直接撮《ちょくせつと》った写真ではないものなんて、ほんとにあるのかしら？」

久美《くみ》は首をかしげる。

「合成写真とかなのかな？」

「もしかして、ＡＩが作ったフェイク写真なのかも？」

若葉《わかば》と康介《こうすけ》も写真を見ながら考える。

だが、どれが直接撮《ちょくせつと》った写真ではないのかまったくわからない。

五分、十分、十五分……。時間だけが過《す》ぎていく。

気がつくと、二十分が経《た》っていた。

「残り十分よ……」

「玲人《れいと》くん、ほんとに私《わたし》たちをここから出さない気なのかな？」

「そんなイヤだよ。どうすればいいの？」

久美《くみ》たちは絶望感《ぜつぼうかん》を抱《いだ》いていた。

そんななか、誠《まこと》は玲人《れいと》の言ったことがずっと気になっていた。

「玲人《れいと》くんは、『君たちを直接撮《ちょくせつと》った写真』って言ってたよな？」

「誠《まこと》くん、それがどうかしたの？」

「いや、どうしてわざわざ『直接《ちょくせつ》』って言ったんだろうって思って」

「それは……」

久美《くみ》がふしぎに思っていると、若葉《わかば》と康介《こうすけ》が答えた。

「私《わたし》たちに直接《ちょくせつ》カメラを向けて写真を撮《と》った、っていう意味じゃない？」

「どの写真もそうやって撮《と》った風にしか見えないよね。もしかして、ちがう方法で撮《と》った写真が一枚《いちまい》だけあるってことなのかな？」

康介《こうすけ》は額《がく》に入った四枚《まい》の写真を眺《なが》めるが、それがどれなのかやはりわからない。

一方、誠《まこと》は康介《こうすけ》が言ったことが気にかかっていた。

「ちがう方法で撮《と》った写真……」

誠《まこと》は四枚《まい》の写真を比《くら》べるように見る。

「どの写真も直接《ちょくせつ》カメラを向けて撮《と》ったように見えるけど……。直接《ちょくせつ》カメラを……、あっ！」

次の瞬間《しゅんかん》、誠《まこと》は四枚《まい》の写真を見て、ある一枚《いちまい》の写真に違和感《いわかん》があることに気づいた。

誠《まこと》は久美《くみ》たちのほうを見る。

「みんな、もう一度、自分の写っている写真の説明をして！」

「説明？」

久美《くみ》たちは戸惑《とまど》いながらも、先ほどと同じ説明をした。

「私《わたし》の写真は、『中田《なかた》デンタルクリニック』の看板《かんばん》のある交差点にいたときのものよ」

「私《わたし》のは、家の近所のコンビニの前で撮《と》られたものだよ」

「僕《ぼく》のは、先週の放課後、サッカーをしてるときの写真だね」

「僕《ぼく》のは、昨日公園でタロを散歩させたときの写真……」

誠《まこと》は、ニッコリと笑った。

「玲人《れいと》くんが言った『直接《ちょくせつ》』というのは、若葉《わかば》ちゃんの言う通り、僕《ぼく》たちに直接《ちょくせつ》カメラを向けたっていうことなんだ。そして、この四枚《まい》の写真のなかで一枚《いちまい》だけ、直接《ちょくせつ》、つまり僕《ぼく》たちにカメラを向けて撮《と》ったわけじゃない写真がある」

「ええ？　それはどれなの？」

「それは、これだよ！」

誠《まこと》は、額《がく》に収《おさ》められた四枚《まい》の写真のなかの一枚《いちまい》を指さした。


三十分が経《た》った。

誠《まこと》たちは、玲人《れいと》に選んだ一枚《いちまい》の写真を言った。

それは、みごと正解《せいかい》だった。

玲人《れいと》は教室のドアを開け、誠《まこと》たちにこんなことをしてしまったのを素直《すなお》に謝《あやま》った。

「僕《ぼく》にだって謎《なぞ》を作れるってことを証明《しょうめい》したかったんだ……」

「玲人《れいと》くん……」

玲人《れいと》は悲しそうな表情《ひょうじょう》をしている。誠《まこと》たちは、何気ない一言で彼《かれ》を傷《きず》つけてしまったことに気づいた。

「ごめんね、玲人《れいと》くん。だけど玲人《れいと》くんの考えた謎《なぞ》、すごかったよ」

誠《まこと》たちは玲人《れいと》にほほ笑《え》む。

「みんな……」

玲人《れいと》も、そんな誠《まこと》たちを見てほほ笑《え》んだ。

さて、誠《まこと》たちはどの写真のどの部分を見て、それが直接《ちょくせつ》カメラを向けて撮《と》ったものではないとわかったのだろう?

答え

正解《せいかい》は、久美《くみ》を撮《と》った写真。

久美《くみ》の写真は、交差点にある中田《なかた》デンタルクリニックの看板《かんばん》のところで撮《と》られたものだった。

しかし、写真を見ると、後ろの看板《かんばん》が、『田中《たなか》』になっている。

誠《まこと》はそれに気づき、この写真が、鏡ごしに撮《と》られた写真であると気づいた。

鏡ごしに文字を見ると、左右が反対になる。『中田《なかた》』が『田中《たなか》』に見えるのだ。

玲人《れいと》が言った「君たちを直接撮《ちょくせつと》った写真ではない」という意味は、鏡に映《うつ》った久美《くみ》をカメラで撮《と》ったということだったのだ。

FILE.8

ハッピーエンディング

どこがおかしいかわかりますか？

A棟《とう》とB棟《とう》にはさまれた中庭は、いつ来てもだれもいなくて心地《ここち》いい。

ミウは木陰《こかげ》になっているベンチに座《すわ》り、文庫本を開いた。けど、少しも読み進まないうちに、だれかがとなりに腰《こし》を下ろす気配があった。

ひとりで集中したかったから、ちょっとイヤだなと思い、ちらりと見る。

そこにいたのはバスケ部の羽賀《はが》くんだった。

一瞬《いっしゅん》にして体温が上がる。なぜなら、羽賀《はが》くんはミウの片想《かたおも》いの相手だから。

「矢島《やじま》、それ、何読んでんの？」

羽賀《はが》くんにのぞきこまれて、ミウは本をばたんと閉《と》じた。

「……な、夏目漱石《なつめそうせき》」

本当はぜんぜんちがうけど、なんとなく見栄《みえ》を張《は》ってしまった。

「へえ、さすが読書家。ちょうどいいや。読書感想文の宿題出てるだろ？　おれでも読めるおすすめ本を選んでくれたら、めっちゃ助かるんだけど。もしよければ、次の休み、ふたりで図書館に行くとかダメかな？」

ＰＣ画面に表示《ひょうじ》された文章を読みながら、にやにやを止められない。

小学六年生のころから、わたしは『夢小説《ゆめしょうせつ》』を趣味《しゅみ》にしていた。

夢小説《ゆめしょうせつ》というのは、好きなキャラクターやアイドルなどの二次創作《そうさく》に自分を登場させる小説のことだ。細かい定義《ていぎ》はもっと複雑《ふくざつ》だけど、だいたいそんな感じ。

必ずしも自分で書く必要はなくて、ネット上には主人公の名前を指定したものに置《お》き換《か》えてくれる『名前変換《へんかん》小説』がたくさん存在《そんざい》する。ゲームでキャラクターの名前を指定できるのと同じだ。

作品のなかで、わたしは大好きなマンガのキャラやアイドルと恋《こい》をしたり、事件《じけん》を解決《かいけつ》したりする。そういうのを楽しんでいるうちに、自分でも書いてみたいと思うようになった。それで、父からゆずってもらったＰＣで、意気揚々《いきようよう》と執筆《しっぴつ》に取りかかったのだけど、いざ書こうとしたら、思った以上にむずかしくて、結局、途中《とちゅう》で挫折《ざせつ》してしまった。

そんなときに、生成ＡＩを知った。ＡＩに設定《せってい》や人物、状況《じょうきょう》を指定するだけで、自分で書かなくても、わたしのためだけの作品を生み出してくれるのだ。

とくにひいきにしているのがドリペン――『ドリームペンシル』というツールだ。夢小説《ゆめしょうせつ》生成に特化していて評判《ひょうばん》がいい。さらには、「小説のできごとが現実《げんじつ》になった！」なんて都市伝説もあって、妄想《もうそう》を叶《かな》えてくれるＡＩとしても一部で有名だった。

さすがにマンガのキャラと現実《げんじつ》で結ばれるとか無理でしょ、と思うけど、アニメ版《ばん》に、原作には登場しない自分そっくりのキャラが出てきた、なんて話もあって、おもしろい。原作ファンには不評《ふひょう》で炎上《えんじょう》してるけど……。

今、わたしの夢小説《ゆめしょうせつ》に最多出演《しゅつえん》なのは羽賀《はが》サトシくん。わたしと同じ高校に通う二年生だ。バスケ部のエースで、さわやかなイケメン。去年はクラスメイトだったけど、今年はわかれてしまった。

もちろん、去年だってしゃべったことなんかない。地味なわたしとは住む世界がちがいすぎる。だから、現実《げんじつ》の羽賀《はが》くんがわたしに声をかけるなんてありえない。

向こうは、わたしの名前すら覚えていないだろう。べつにそれでいい。高望みはしない。こうして創作《そうさく》のなかでだけ、いちゃいちゃできれば十分だ。っていうか、いきなりふたりで図書館に行こうなんて、羽賀《はが》くん、けっこう大胆《だいたん》だな。むふっ。

翌日《よくじつ》はいい天気だった。

いつもお昼をいっしょに食べているノンちゃんは、文化祭実行委員の集まりがあるとかで、わたしはひとりランチボックスと本を持って中庭へ向かう。

いつ来ても中庭はだれもいないので、人見知りで友だちの少ないわたしには居心地《いごこち》がいい。ランチボックスのふたをあけて、たまご焼きをほおばる。甘《あま》くておいしい。

もぐもぐしながら、わたしは本を開いた。けど、少しも読み進まないうちに、だれかがとなりに腰《こし》を下ろす気配があった。

ひとりで集中したかったから、ちょっとイヤだなと思ってちらっと見る。

そこにいたのは羽賀《はが》くんで、一瞬《いっしゅん》にして体温が上がる。

「矢島《やじま》、それ、何読んでるの？」

「え、あの、え……わたしの、名前……」

「なんだよ、おれが矢島《やじま》の名前知ってたらおかしい？」

羽賀《はが》くんは白い歯を見せる。

「去年、クラス同じだったじゃん」

でも、こんなふうに親しげにしゃべったことはないのに……。

「渡《わた》り廊《ろう》下《か》歩いてたら、矢島《やじま》がベンチに座《すわ》って弁当《べんとう》食べてるの見えてさ。で、それ、何読んでんの？」

羽賀《はが》くんがわたしの本をのぞきこんでくる。わたしはあわてて小説を閉《と》じた。

いや、今まさに男の子と男の子が熱く抱擁《ほうよう》を交《か》わしているシーンだったので。

わたしはとっさにうそをつく。

「……な、夏目漱石《なつめそうせき》」

「へえ、さすが読書家。ちょうどいいや。読書感想文の宿題出てるだろ？　おれでも読めるおすすめ本を選んでくれたら、めっちゃ助かるんだけど。もしよければ、次の休み、ふたりで図書館に行くとかダメかな？」

あれ？　と思う。今の羽賀《はが》くんの言葉、どこかで聞いたような……。

「どうかな？　おれとなんてイヤだったらあきらめるけど」

「え？　やっ！　まさかっ！　そんなっ！」

勢《いきお》いこみすぎてランチボックスを落としそうになり、羽賀《はが》くんが笑った。

「矢島《やじま》、リアクションでかすぎ。おもしれー」


羽賀《はが》くんに図書館に誘《さそ》われた。羽賀《はが》くんに図書館に誘《さそ》われた。羽賀《はが》くんに図書館に誘《さそ》われた！　というか予定を合わせるためにＩＤを交換《こうかん》してしまった！　やばい！

気持ちがふわふわふわしているうちに学校が終わり、家に帰り、ふとわれに返る。

浮《う》かれていたけど、昼休みのやりとりって、昨日の夢小説《ゆめしょうせつ》の内容《ないよう》となんか似《に》てない？　と気づいた。保存《ほぞん》していた文章を読み返してみて、やっぱりだ、と思う。細部はちがうけど、大筋《おおすじ》はこの通りだった。

まるでドリペンで書いた文章が現実《げんじつ》にも起きたみたい……。

「いや、まさかね。あるわけないでしょ」

羽賀《はが》くんにしても深い意味なんてないんだ。本当にただ感想文用の本を選びたかったってだけ。思い上がってはいけない。

とはいえ、いっしょに図書館に行く約束は事実なわけで、これを機に関係が進展《しんてん》したりなんかしちゃったり……。

「ないな」

ないでしょ。わたしだし。ただ、羽賀《はが》くんには彼女《かのじょ》がいない。これはたしかな情報《じょうほう》だ。去年も何人かから告白されたはずだけど、全員断《ことわ》ったと聞いている。

だから一部の女子の間で、男の子が好きなのかもと、ウワサされている。それもまたわたし個人《こじん》としてはよきである。と、それはともかく、わたしはドリペンを使って、新たに図書館デートを創作《そうさく》してみた。にやにやが止まらない。


次の土曜日、開館時間に合わせて図書館の前で待っていると、「矢島《やじま》」と名前を呼《よ》ばれた。羽賀《はが》くんが小走りでやってくる。

「わるい。遅《おく》れた」

「え、ぜんぜん！　時間ぴったりだよ。わたしが早く来すぎただけで」

「矢島《やじま》、今日、いつもと感じちがうな。あ、制服《せいふく》じゃないからか。かわいいな」

ナチュラルにかわいいとか言ってくる羽賀《はが》くん、チャラい！

わたしは動揺《どうよう》を悟《さと》られないように平常心《へいじょうしん》をたもって、「じゃあ入ろうか」と羽賀《はが》くんをうながした。

「矢島《やじま》、右手と右足、同時に出てる」

「ふおっ」

「矢島《やじま》、ほんとおもしれー」

緊張《きんちょう》しつつも、羽賀《はが》くんの好みを聞きながら、書架《しょか》をまわる。

「な、なるほど。ファンタジーとか好きなんだね。あ。なら、あれなんていいかも」

わたしはつま先立ちになって、書架《しょか》の上のほうにある本に手を伸《の》ばした。

瞬間《しゅんかん》、ふっ、と背後《はいご》をおおわれる。

え、と思った直後には羽賀《はが》くんと体が密着《みっちゃく》していた。

背中《せなか》に羽賀《はが》くんの体温を感じる。わたしの指に、羽賀《はが》くんの指が重なった。

「これ?」

すぐ耳もとで羽賀《はが》くんがささやく。わたしは書架《しょか》と羽賀《はが》くんにすっぽりはさまれるような格好《かっこう》になっていた。ふり返って見上げると、羽賀《はが》くんが微笑《ほほえ》んでいた。

顔が熱くなる。たぶん、わたし今、耳まで真っ赤だ。

心臓《しんぞう》がたいへんなことになっている。ああ、なんだか、むずむずしてきた。

とたんに、羽賀《はが》くんが顔色を変えた。

「や、矢島《やじま》っ！　血っ！　鼻から血が出てるっ！」

静かな図書館に、あわてた羽賀《はが》くんの声が響《ひび》きわたる。


家に帰ってからも恥《は》ずかしくて死にそうだった。

「うう、羽賀《はが》くんに鼻血女と思われた……」

ベッドに倒《たお》れこむ。思い出すだけで、頭が爆発《ばくはつ》してしまいそうだった。

羽賀《はが》くんからはわたしの体調を心配するメッセージが届《とど》いていて、それはうれしかったけど。スクショして保存《ほぞん》したけど。それはともかく。

「さっきのって、なんだったんだろ……」

図書館でのできごとについてだ。鼻血を流したことはべつだけど、羽賀《はが》くんと密《みっ》着《ちゃく》するイベントは、わたしが生成ＡＩに創作《そうさく》させた通りだった。

二度もこんな偶然《ぐうぜん》が起きるものだろうか？

もし、本当にドリペンで書いた夢小説《ゆめしょうせつ》が現実《げんじつ》になっているのだとしたら……？

それってすごい！　だって、羽賀《はが》くんを自由に操《あやつ》れるってことなんだから！

わたしが指定するままに羽賀《はが》くんは行動してくれる。つまり羽賀《はが》くんに告白させることもできるってことだ。こちらからじゃなく、向こうからってのが重要。それを受け入れたら？　恋人《こいびと》どうしになれちゃうかも？　うぎゃあああああ！

って、まさかないよね。ありえない。非現実的《ひげんじつてき》すぎ。……でも。だけど。

わたしはドリペンユーザーの評価《ひょうか》をＳＮＳで調べてみた。十キロやせたとか、好きな人と両思いになったとか、いろいろ書かれている。だけど、どれもこれもうさんくさい。変なリンクとか貼《は》ってあるのは、明らかに詐欺《さぎ》サイトへの誘導《ゆうどう》だ。ドリペンの開発者についても検索《けんさく》をかけてみたけど、くわしいことはわからなかった。

夢小説《ゆめしょうせつ》が現実《げんじつ》になるなんてこと、本当にあるのだろうか？　うーん。まいっか。

わたしはＰＣの前に移動《いどう》し、ドリペンに指示《しじ》を打ちこんでいった。

理想的な告白シーンを作り上げていく。万が一これが現実《げんじつ》になったらラッキーだし、ならなかったところでどうということもない。十分においしい。

「ん？　あれ？」

なぜか表示《ひょうじ》された文字がおかしかった。

『ぬふ　うえおやゆよわほへーたて　すかんなにらぜ。ちとしはきくまのりれけむつさそひこみもねるめろ1234567890ー^　¥qwertyu　op@「　sdfghjkl；：」　zxcvbnm，・／¥ぬふ　うえおやゆよわほへーたて　すかんなにらぜ。ちとしはきくまのりれけむつさそひこみもねるめろ1234567890ー^　¥qwertyu　op@「　sdfghjkl；：」　zxcvbnm，・／¥』

『ぬふ』からはじまり、記号の『／¥』までがひと区切りみたいで、また『ぬふ』にもどっている。ところどころに一文字分のスペースがあった。

「なんだろ？　気持ちわる」

なんとなく、この文字の羅列《られつ》に見覚えがある気がするけど、うまく記憶《きおく》と結びつかなかった。変だなと思いつつ、もう一度指示《しじ》し直したら今度はまともな文章が表示《ひょうじ》されたので、ほっとする。

「よし。ああ、月曜が楽しみすぎる」

で、待望の月曜日の昼休み。ノンちゃんはまた文化祭実行委員の集まりがあって、わたしはひとり、中庭へ向かう。ランチボックスは持ってきていたけど、そわそわして食欲《しょくよく》はなかった。本を開いても文章が頭に入ってこない。

っていうか、わたし、何を期待してるんだろ。おとといは興奮《こうふん》してしまったけど、ふつうに考えてありえないでしょ。二度のできごとは、ただの偶然《ぐうぜん》なんだから。

と思ったそのとき、「矢島《やじま》」と名前を呼《よ》ばれ、心臓《しんぞう》がはね上がる。

ウソ！　この展開《てんかい》って、この展開《てんかい》って、この展開《てんかい》って――。

「やっぱりここにいたんだな。さがしてたんだ」

こちらに近づいてきた羽賀《はが》くんが、となりに腰《こし》を下ろした。

「あ、うん……な、な、何か用だった？」

「ああ、うん。矢島《やじま》におすすめしてもらった本、昨日読んでたんだけど、おもしろすぎて一気読みしちゃった。読書が楽しいと思ったの、生まれて初めてだよ。矢島《やじま》のおかげだ。ありがとう。いい感想文が書けそう」

「ほんと？　よかった」

「ってことを、伝えたくてさがしてたんだけど」

そう言うと、羽賀《はが》くんは目を伏《ふ》せた。うなじのあたりをしきりになでている。

きた、と思った。このしぐさ、夢小説《ゆめしょうせつ》の通りだ。わたしは高鳴る心臓《しんぞう》を落ちつけるために深呼吸《しんこきゅう》をして、「羽賀《はが》くん？」と、先をうながす。

「ああ、うん。えーっと……正直言うとさ、読書感想文の本を選んでほしいっていうの、あれ、矢島《やじま》に話しかける口実だったんだ」

「口実？」と返したわたしの言葉も小説に書かれていたはず。

そこで羽賀《はが》くんは顔を上げた。きらきらした瞳《ひとみ》で、わたしをとらえる。

「おれさ、前から矢島《やじま》のこと、いいなって思ってたんだ。静かに本を読んでる真剣《しんけん》な横顔がきれいだなって」

羽賀《はが》くんは恥《は》ずかしそうに笑《え》みを浮《う》かべる。右にだけできたえくぼがかわいい。

「でも、話すタイミング逃《のが》したまま、二年ではクラスがわかれちゃったから、ますますきっかけ、なくなっちゃって。でも、このままじゃダメだと思った」

やばい。やばい、やばい、やばい。やばすぎる。心臓《しんぞう》が破裂《はれつ》しそう。

羽賀《はが》くんがベンチに片手《かたて》をついて、身を乗り出してくる。いい香《かお》りがした。

「矢島《やじま》が好きだ。おれとつきあってほしい」

きゃあああああああああ――――――――っ！

「わ、わたしなんか、羽賀《はが》くんとつりあわないし……」

「なんかとか言うなよ。矢島《やじま》がいいんだ。矢島《やじま》じゃなきゃ意味ないんだ。矢島《やじま》はおれのこと、どう思ってる？」

そんなの決まってる。

「わ、わたしも、羽賀《はが》くん、前からかっこいいと思ってた。だから――」

わたしはうつむいて、こっくりうなずいた。

ハッピーエンディング！


すごいすごいすごい。ウワサは本当だったのだ。ドリペンが願いを叶《かな》えてくれた。

わたしたちは本物のカップルになった。

放課後に待ち合わせて帰ったり、羽賀《はが》くんのバスケの試合を応援《おうえん》しに行ったり。

ノンちゃんは、すごくびっくりしていた。人気者の羽賀《はが》くんと、地味なわたしがつきあいだしたのだから、それはそうだよね。

羽賀《はが》くんを好きだった子からは微妙《びみょう》に嫌《いや》がらせをされたりもしたけど、どうってことない。ドリペンで書くと、その通り、彼女《かのじょ》たちに不幸が降《ふ》りかかった。あー、いい気分♪

羽賀《はが》くんが好きなのはあなたじゃないの。わたしなの。うらやましい？

羽賀《はが》くんといっしょにいるところを見られるのが、たまらなく快感《かいかん》。みんなに見せびらかしたかった。

ほら見て、わたしの彼氏《かれし》、すっごくかっこいいでしょ？　わたしのものなの。

ただ、羽賀《はが》くんも、わたしの理想とちがうことを言ったり、行動することがあった。

そういうときは、あとからドリペンで創作《そうさく》して修正《しゅうせい》した。すると、羽賀《はが》くんはちゃんとわたしの妄想《もうそう》の通りに行動をあらためてくれた。

まさしく夢《ゆめ》の彼氏《かれし》だ。こんなステキなことってほかにない。

毎日が楽しくてしかたがなかった。


つきあいはじめて一か月がたったころ、羽賀《はが》くんがわたしを家に誘《さそ》った。

それも、わたしがドリペンで書いた通りだった。タイミング的にはいいよね。

「今日、親がいないんだけど、遊びにくる？」と、切り出したときの羽賀《はが》くんの顔は真っ赤で、でも誘《さそ》われたほうのわたしも耳まで熱かった。

もちろん、答えはイエスだ。わたしは、初めて羽賀《はが》くんの家に上げてもらった。

庭の大きなきれいな一軒家《いっけんや》で、羽賀《はが》くんの部屋は二階にあった。

「飲み物持ってくるから、適当《てきとう》に座《すわ》ってて」

羽賀《はが》くんはそう言い残して部屋を出ていった。わたしはドキドキしながら羽賀《はが》くんのイスに腰《こし》かける。ここで勉強してるんだなー、と想像《そうぞう》して、ひとりにやける。

と、次の瞬間《しゅんかん》、顔に何か押《お》しつけられた。

後ろにだれかいる。ふり払《はら》おうにもぜんぜん力が及《およ》ばない。

鼻と口が布《ぬの》でおおわれている。変なにおいがする。

目の前がかすむ。全身から、ちか、ら、がぬけ……いしき、が……。

「う、んん……。あれ、わたし……何を……」

目が覚めると、そこはうす暗い部屋だった。ベッドに寝《ね》かされている。

「ああ、矢島《やじま》。起きたんだな」

ぱっと部屋の明かりがついた。窓《まど》のない小さな部屋だ。

イスに腰《こし》かけた羽賀《はが》くんがいる。天井《てんじょう》まである大きな棚《たな》に、いろいろなものが飾《かざ》られていた。恐竜《きょうりゅう》のフィギュア、地球儀《ちきゅうぎ》、ナイフ、リアルな猫《ねこ》の置物、ドクロ。

デスクにPCが設置《せっち》されていた。

「羽賀《はが》、くん……？　ここ、は……」

羽賀《はが》くんは立ち上がると、こちらに近づいてくる。

「ごめんな、矢島《やじま》。おれ、むかしからそうなんだ。ほしくなったら、手に入れないと気がすまなくなる。コレクターってやつ。ここはおれの宝物《たからもの》部屋なんだ。恐竜《きょうりゅう》のフィギュアは、初めて万引きしたやつだよ。猫《ねこ》は近所で飼《か》われてたやつで、かわいくてさ。

だから××にした。ドクロは■■」

え？　今なんて？

「自分を抑《おさ》える自信がなかったから、ずっと恋人《こいびと》は作らないようにしてた。だれのことも好きにならないって決めてた」

羽賀《はが》くんは微笑《ほほえ》み、マットに手をつく。ああ、右にだけできるえくぼがやっぱりかわいい。なのに。なのに……。

「だけど、どうしてかな。矢島《やじま》への気持ちだけは止められなかった。ほら、前に昼休みに中庭で声をかけたことあったろ？　これまでだったら、ぜったいにしなかったはずなんだ。でも、声をかけないといけないと思った。いや、それもちがうな。気づいたらもう声をかけてた。自動的。そこから、どんどん矢島《やじま》のことが気になっていった。ずっと矢島《やじま》のことばっか考えちゃって。矢島《やじま》がほしくてほしくて、飾《かざ》っておきたくて、がまんできなくなった」

「は、羽賀《はが》、くん？」

体を動かしたら、右足が重いことに気づいた。見ると、鎖《くさり》が巻《ま》かれていた。それはベッドに南京錠《なんきんじょう》で固定されている。あれ？　え？　何これ、ちょっと待って。

「だ、だいじょうぶ。大切にするって約束する。ずっと面倒見《めんどう》るから。や、やや矢島《やじま》がいいんだ。矢島《やじま》じゃなきゃ意味ないんだ。矢島《やじま》はおおおれのこと、どう思ってる？」

いつもの羽賀《はが》くんの笑顔《えがお》が、きれいで、きれいだけど、きれいなのに――。

「は、羽賀《はが》く、どうなって……」

鎖《くさり》を引《ひ》っ張《ぱ》る。カチャカチャ硬《かた》くて冷たい音が響《ひび》くだけで、びくともしない。

やだ。こんなの。ちがう。どうして……わたしが何をしたっていうの……。

……羽賀《はが》くんの気持ちを無視《むし》して、思い通りにしたせい？

そんな。わたし、こんなこと望んでない！

書き直させて！　ちがう結末を用意するから！　もっとべつの――。

「ああ、矢島《やじま》。おれのものだ。ず、ずっと、大事に、かか、飾《かざ》っておくから」

「だ、だれかっ！　助け――」

「ごめん、矢島《やじま》。ごめんごめんごめん。だ、だだ大好きな矢島《やじま》に、こんなことしたくないんだ。だけど大声はダメだ。わかるだろ？　い、いい子にしてくれ。な？」

怖《こわ》くて、わたしはもう身動きが取れなかった。全身が石みたいに固まる。涙《なみだ》が止まらない。

わたしの口をふさぐ羽賀《はが》くんの背後《はいご》で、ふっ、とPCが起動するのが見えた。勝手に文章ソフトが起《た》ち上《あ》がっている。

見覚えのあるレイアウト――何度も使ってきた、ドリペンの操作《そうさ》画面だった。

そこに、『けイこくシタのに』という文字が見える。でもすぐ、その文字はデリートされた。そして、以前も見た謎《なぞ》の文字列が表示《ひょうじ》されていく。これ、だれが書いてるの？　だれが操作《そうさ》してるの？　……まさかAIが？　そんな。ありえない。

どうなってるの？　わけわかんない！　助けてよ！　助けて！

混乱《こんらん》しながらも、どこか冷静な自分もいて、そのわたしが、ふと気づく。

この文字列をどこかで見たことがあると思ったけど、これってキーボードの配列だ。毎日目にしているのに気づけなかったのは、かな入力になっているからだ。『ぬふ』から『めろ』までがひらがな、そのあと英数字になっている。

それがくりかえされていた。

きっと、スペース部分は、あるべき文字が抜けているんだ。

足りないのは……。

何これ？　警告《けいこく》？

……ウソだ。こんなの警告《けいこく》じゃない。

本当は、わたしが失敗するところを望んでいたんじゃないの？

だって、こんなの、わかるはずないじゃない。

気づけるわけない。そうでしょ？

絶望《ぜつぼう》的な展開《てんかい》を心待ちにしているだれかがいる。この世の存在《そんざい》ではない何者かが。

『わたし』という『創作物《そうさくぶつ》』を読んでいる『読者《あなた》』が。

そうだ。あなたが望んだんだ。この結末を。わたしの不幸を。

謎《なぞ》の文字列には『あ《a》』『い《i》』がなかった。

まるで、わたしと羽賀《はが》くんの関係には『愛』が欠けていると指摘《してき》するように。

FILE.9

心《しん》霊《れい》配信

どこがおかしいかわかりますか？

「みなさん、こんにちは。カイです」

横向きにしたタブレットの画面のなかで、髪《かみ》を茶色に染《そ》めたワイルド系《けい》のイケメンが、笑顔《えがお》で敬礼《けいれい》する。

「キッくんでーす」

そのとなりで、金髪《きんぱつ》の可愛《かわい》い系《けい》の男の子が、顔の前でひらひらと両手をふっていた。

「はい、どうもー。心霊《しんれい》ハンター、カイキックです。さて、今日の企画《きかく》はですね……」

カイがそう言ってふり返ると、暗闇《くらやみ》のなかにぼんやりと、白い建物の姿《すがた》が浮《う》かんでいるのが見えた。

「心霊《しんれい》スポットとして有名な、あちらの廃病院《はいびょういん》に突撃《とつげき》したいと思います！」

カイキックのふたりは、本来はお笑い芸人なんだけど、体を張《は》った企画《きかく》がウケて、今ではすっかり心霊系《しんれいけい》の動画配信者として有名になっていた。

わたしが自分の部屋で机《つくえ》に向かって、ふたりのオープニングトークを見ていると、

「何？　心霊《しんれい》動画？」

とつぜん頭の上から、声が聞こえてきた。

「お姉ちゃん！　部屋に入るときは、ノックしてって言ってるでしょ」

わたしは動画を止めて、ふり返った。

「したわよ。動画に夢中《むちゅう》で気づかなかったんでしょ。それより、中学生にもなって、まだこんなの見てるの？」

今年大学に入った、五つ年上の姉は、呆《あき》れた顔でため息をつくと、首をかしげて、

「あれ？　でも、あんた、心霊系《しんれいけい》ってダメじゃなかったっけ？」

と言った。

「わかった。配信者が、すごいイケメンなんでしょ」

「ほっといてよ。それより、なんか用があったんじゃないの？」

「ああ、お母さんが、ごはんができたから呼《よ》んできなさいって」

「わかったから、先に行ってて」

わたしは姉を部屋から追い出すと、ホッと息をついた。

姉の言葉は、半分当たっていた。

イケメン目当てなのは間違《まちが》いない。

ただ、相手は配信者ではなく、二年生で同じクラスになったリクくんだった。

リクくんの夢《ゆめ》は、心霊系《しんれいけい》の動画配信者になることらしく、毎日心霊《しんれい》動画を見ていると言っていた。

そのことを知ったわたしは、共通の話題を作るため、新学期になってから、頑張《がんば》って苦手な心霊《しんれい》動画を見続けているのだ。

チャンネルのなかには、カップルで配信している配信者も少なくない。

いつか、いっしょに動画を撮《と》ることを想像《そうぞう》しながら、わたしは動画の続きを再生《さいせい》した。


「――それでは、さっそく入ってみたいと思います」

カイが自分の手に持ったカメラに宣言《せんげん》して、建物のなかに入っていく。

画面の下にはテロップで、〈所有者の許可《きょか》を得た上で撮影《さつえい》しています〉と出ていた。

最近は、こういう動画でも、コンプライアンスが大切らしい。

カイが手にしているカメラのほかに、ふたりがかぶっているヘルメットにも、自分の顔に向けたカメラがついていて、リアクションが撮《と》れるようになっていた。

廃業《はいぎょう》してからずいぶん経《た》つらしく、なかはひどく荒《あ》れ果《は》てていた。

建物は四階建てで、一階と二階が主に診察室《しんさつしつ》と手術室《しゅじゅつしつ》、三階以上が入院病棟《びょうとう》だ。

床《ゆか》に転がった注射器《ちゅうしゃき》や空《あ》き瓶《びん》に、いちいちリアクションを取りながら、階段《かいだん》で四階まで上がる。

カイの話によると、四階の一番奥《おく》にある病室に、女の人の幽霊《ゆうれい》が出るという噂《うわさ》があるらしい。

カイとキッくんは、お互《たが》いに先頭をゆずりながら、その問題の病室へと近づいていった。

「ほら、早く入れって」

カイがキッくんを、どんと突《つ》き飛《と》ばす。

その勢《いきお》いで、病室に足を踏《ふ》み入《い》れたキッくんが、

「おい！　何するんだよ！」

と、文句《もんく》を言いながら、カイのほうをふり返った瞬間《しゅんかん》、キッくんの反応《はんのう》を撮影《さつえい》して

いたカイが、

「うわーっ！」

と叫《さけ》んで、病室を飛び出した。

「な、なんだよ」

その勢《いきお》いに驚《おどろ》いたキックんが、あわててあとを追う。

ふたりは追いかけっこをするみたいに階段《かいだん》をかけ下りると、そのまま建物の外へ飛び出した。

そして、近くに停《と》めてあったワンボックスカーに乗《の》り込《こ》むと、カイがビデオの映像《えいぞう》を再生《さいせい》した。

さっきの部屋の中央から、窓《まど》の方に向かって、白い影《かげ》がふわりと移動《いどう》しているのがわかる。

そのシルエットは、間違《まちが》いなく女性《じょせい》のものだった。


次の日。

いつもの時間に登校すると、教室でリクくんが友だちに、

「なあなあ、昨日のカイキック、見た？」

と話しかけていたので、わたしはとっさに、

「あ、わたし、それ見たよ」

と、話に入っていった。

リクくんが、ちょっと驚《おどろ》いた顔で、わたしの顔を見る。

「あれ？　吉沢《よしざわ》って、ああいうの好きだっけ？」

「最近、ちょっとはまってるの。カイくんとキッくん、面白《おもしろ》いよね？」

「だよな」

リクくんは身を乗り出して、授業《じゅぎょう》開始のチャイムが鳴るまで、カイキックチャンネルの面白《おもしろ》さを語り続けた。


その日をきっかけに、わたしはリクくんとよく話すようになった。

話題はもちろん、心霊系《しんれいけい》の動画の感想だ。

彼《かれ》は常《つね》にいくつかの動画チャンネルをチェックしていたけど、一番のお気に入りは、やっぱりカイキックチャンネルだった。

わたしたちはチャンネルが更新《こうしん》されるたびに、学校でその話をして、最近ではリクくんのほうから、

「昨夜の配信、見た？」

と声をかけてくるくらいに仲良くなっていた。

そこで、わたしはさらに、新たなチャンネルを探《さが》すことにした。

彼《かれ》より詳《くわ》しくなって、教えてあげるのだ。

毎晩《まいばん》、夜中までタブレットと向かい合って、最強の心霊《しんれい》チャンネルを探《さが》し続けていると、ある日の放課後、教室で帰る準備《じゅんび》をしていたわたしに、知らない女の子が、

「ねえ……怖《こわ》い動画を探《さが》してるの？」

と話しかけてきた。

「そうだけど……知ってるの？」

「ええ。教えてあげようか？」

その女の子が教えてくれたのは、〈幸せな丸い貝〉という、なんだか変わった名前のチャンネルだった。

そのチャンネルでは、本物の心霊《しんれい》動画や心霊《しんれい》写真だけが紹介《しょうかい》されているらしい。

「だから、ずっと見ていると、霊《れい》にとりつかれちゃうの」

女の子はそう言って、ふふっと笑った。

だけど、わたしが心霊系《しんれいけい》の動画を見ているのは、リクくんと仲良くなるためで、別に本気で信じてるわけじゃない。

とりあえず、帰ったら見てみることにして、わたしは女の子と別れた。


家に帰って、さっそく教えてもらったチャンネルを開くと、黒いフードに白いお面をつけた男性《だんせい》が画面に現《あらわ》れて、淡々《たんたん》とした口調で、

「あなたがこれから目にするのは、本物の映像《えいぞう》です。こちら側に来てもいいという人だけ、先に進んでください」

と語りかけてきた。

わたしはあんまり期待せずに続きを見た。

今回はどうやら、心霊《しんれい》写真特集のようだ。

画面に現《あらわ》れたのは、フィルムカメラで撮《と》られた古い写真だった。

遠足だろうか。日本庭園の池の前で、制服姿《せいふくすがた》の中学生男子が、十人くらい集まって、それぞれポーズを取っている。

一目見た瞬間《しゅんかん》、わたしはゾクッとした。

写真の左奥《ひだりおく》、池の水面の上に、ひざから下が消えたセーラー服の女の子の姿《すがた》が見えたのだ。

「これは、庭園ができる前、この土地にあった沼《ぬま》に落ちて死んだ少女の霊《れい》です」

仮面《かめん》の男が簡単《かんたん》に解説《かいせつ》をして、写真はすぐに切《き》り替《か》わった。

今度は、海で遊ぶ子どもたちを撮《と》った写真だった。
二、三歳《さい》くらいだろうか。
浅瀬《あさせ》でしゃがみこむ子どもたちの後ろで、恨《うら》めしそうな男の顔が水中に横たわって、こちらをじっと見上げている。

「これは酔《よ》っぱらって海に入り、おぼれ死んだ男性《だんせい》の霊《れい》です」

仮面《かめん》の男がコメントする。

そして、一拍《いっぱく》置いて、こうつけ加えた。

「もし、男の霊《れい》が目を開けていたら、それはあなたに霊感《れいかん》がある証拠《しょうこ》です」

え？　と思って、わたしはもう一度写真を見た。

男は大きく目を見開いて、はっきりとこちらをにらんでいる。

演出《えんしゅつ》だよね、と思っているうちに、画面は次の写真に移《うつ》った。

同じくフィルムカメラで撮《と》られた古い写真で、小学校低学年くらいの子どもたちが、ジャングルジムで遊んでいる。

そのジャングルジムの向こう側に、頭から血を流した半ズボンの男の子が、悲しそうな顔で立っているのが見えた。

「これは、公園で遊んでいて、ジャングルジムから転落して亡《な》くなった子どもの霊《れい》です」

仮面《かめん》の男の言葉を聞きながら、わたしは、もしかしたらこのチャンネルは、本物なのかもしれない、と思った。


次の日。

わたしはリクくんにさっそく〈幸せな丸い貝〉の話をした。

「何、その変な名前」

リクくんは笑った。

「わたしもはじめはそう思ったけど、内容《ないよう》は悪くなかったよ。古い心霊《しんれい》写真で、派手《はで》じゃないけど、マニア向けっていうか……」

「へーえ」

マニア向け、という言葉に、リクくんは興味《きょうみ》を持ったみたいだった。

「よかったら、リクくんも見てみて」

その日の放課後。

家に帰ると、わたしはまず、カイキックチャンネルをチェックした。

こちらも心霊《しんれい》写真特集で、スマホとかデジカメで撮《と》った写真だったけど、昨日の心《しん》霊《れい》写真に比《くら》べると、なんだか作りものっぽさが目について、いつもみたいに楽しめなかった。

わたしはカイキックチャンネルを閉《と》じると、昨日のチャンネルに移動《いどう》して、過去《かこ》の動画を見ることにした。

海辺の展望台《てんぼうだい》で、彼氏《かれし》がスマホで彼女《かのじょ》を撮影《さつえい》している。

「ちょっと、そこに立ってみて」

彼氏《かれし》が指示《しじ》して、彼女《かのじょ》が手すりの前でこちらをふり返る。

にっこり笑って手をふる彼女《かのじょ》の後ろに、ずぶ濡《ぬ》れになったスーツ姿《すがた》の男性《だんせい》が、とつぜん現《あらわ》れて、彼女《かのじょ》に後ろから抱《だ》きついた。

彼氏《かれし》が「うわあっ！」と悲鳴をあげて、その場から走りだす。

「きゃあっ！」

わたしも、もう少しでタブレットを放り出すところだった。

「これは、恋人《こいびと》にふられて、この展望台《てんぼうだい》から身を投げた男性《だんせい》の霊《れい》です」

仮面《かめん》の男の、あいかわらず冷静なコメントを聞きながら、わたしは、これならきっとリクくんも満足してくれるはずだと思った。


次の日。わたしは学校に行くと、さっそくリクくんに、

「昨日教えたチャンネル、どうだった?」

と聞いてみた。

だけど、リクくんは肩《かた》をすくめて、

「そんなチャンネル、なかったぞ」

と答えた。

「え?　そんなはずは……」

「それより、カイキック見た?　やっぱり、すごいよな」

興奮《こうふん》気味に話すリクくんに、

「うーん……でも、あれってちょっと、作りものっぽいっていうか……」

わたしは思わず、本音を口に出してしまった。

すると、リクくんはとたんに不機嫌《ふきげん》な顔になって、

「何？　お前もアンチの言うこと信じるの？　ショックだなあ」

そう言うと、わたしに背《せ》を向けて、別の友だちのところに行ってしまった。


その日、家に帰ったわたしは、すぐにタブレットの電源を入れた。

（どうしてリクくんは見られなかったんだろう……）

不思議に思いながら、チャンネルを開くと、新しい動画が投稿《とうこう》されていた。

今回紹介《しょうかい》されているのは、ひとりで廃墟《はいきょ》に肝試《きもだめ》しにやってきた、大学生くらいの女の人の映像《えいぞう》だった。

自撮《じど》り棒《ぼう》の先にスマホをつけて、自分を撮影《さつえい》しながら、ぼろぼろになった空き家を探索《たんさく》するんだけど、たまにつまずいて、きゃーっ、と悲鳴をあげるくらいで、心霊現《しんれいげん》象《しょう》は何も起こらない。

退屈《たいくつ》になってきたわたしは、スマホを取り出して、チャンネルの名前について調べてみた。

すると、どうやら怖《こわ》い意味が隠《かく》されているらしいことがわかった。

〈幸《さち》〉、〈丸〉、〈貝〉の漢字を組み合わせると、〈贄《にえ》〉、つまり〈いけにえ〉という意味になるのだそうだ。

わたしがゾクッとしていると、タブレットの画面が切《き》り替《か》わって、一枚《いちまい》の写真が表《ひょう》示《じ》された。

廃墟《はいきょ》をバックに自撮《じど》り棒《ぼう》を持った手を斜《なな》め下にのばして、自分を撮《と》った写真で、女の人の顔のまわりに、いくつもの白い顔が浮《う》かんでいる。

「彼女《かのじょ》のまわりに浮《う》かぶ、四つの白い顔は、この廃墟《はいきょ》で命を落とした人たちの霊《れい》なのです」

まるで耳もとでささやいているような仮面《かめん》の男の声に、寒けを感じながらも、わたしは「あれ?」と思った。

わたしには、顔が五つあるように見えたのだ。

数え間違《まちが》いかな、と思っていると、

「ごはんよー」

部屋の外から、お姉ちゃんの声が聞こえてきた。

「はーい」

返事をして、タブレットの電源《でんげん》を切ったわたしは、スーッと背筋《せすじ》が冷たくなった。

やっぱり、数え間違《まちが》いではなかったのだ。

「霊《れい》にとりつかれちゃうの」

あの女の子の声が、耳の奥《おく》によみがえる。

電源《でんげん》を切ったタブレットの、黒い画面に映《うつ》るわたしの顔のとなりで、ひとつだけ残った白い顔が、画面越《ご》しに、じっとわたしを見つめていた。

エピローグ

どうだった？　「写真」に隠《かく》された「真実」を見つけることはできたかな？

世の中には、不可思議《ふかしぎ》で奇妙《きみょう》なことがたくさんあるんだ。

普通に見えるものも、少し角度を変えて見ると、不可思議《ふかしぎ》だったり、奇妙《きみょう》だったりするんだよ。

大切なのは、どんなことにも好奇心《こうきしん》を持つこと。

好奇心《こうきしん》があれば、きっと真実を見つけ出すことができるはずだよ。

さて、今回はこれでおしまい。

だけど、僕《ぼく》のコレクションはまだまだたくさんあるんだ。

また、コレクションルームに遊びに来て。今回よりもさらにあっと驚《おどろ》く真実が隠《かく》された写真をキミに見せてあげるね。

それじゃあ、また会えるのを楽しみにしてるよ。

〈著者略歴〉

佐東みどり（さとう・みどり）

脚本家・小説家。主な著書に「恐怖コレクター」シリーズ、「呪ワレタ少年」シリーズ（以上、角川つばさ文庫）、「科学探偵 謎野真実」シリーズ（朝日新聞出版）などがある。

にかいどう青（にかいどう・あお）

神奈川県生まれ。早稲田大学第一文学部卒業。主な著書に「ふしぎ古書店」シリーズ（講談社青い鳥文庫）、「予測不能ショートストーリーズ」シリーズ（講談社）、『黒ゐ生徒会執行部』（PHP 研究所）などがある。

緑川聖司（みどりかわ・せいじ）

大阪府生まれ。主な著書に、「本の怪談」シリーズ、「怪談収集家」シリーズ（以上、ポプラ社）、「七不思議神社」シリーズ（あかね書房）、「怖い図書館」シリーズ（新星出版社）などがある。

装丁・本文デザイン ● 植草可純・前田歩来（APRON）

カバー・本文イラスト ● Ney

どこかがおかしい

2024年3月5日　第1版第1刷発行

2024年12月4日　第1版第3刷発行

著　者　佐東みどり
　　　　にかいどう青
　　　　緑川聖司

発行者　永田貴之

発行所　株式会社PHP研究所

東京本部 〒135-8137 江東区豊洲5-6-52

児童書出版部 ☎03-3520-9635（編集）

普及部 ☎03-3520-9630（販売）

京都本部 〒601-8411 京都市南区西九条北ノ内町11

PHP INTERFACE https://www.php.co.jp/

組　版　株式会社RUHIA

印刷所
製本所　TOPPANクロレ株式会社

ISBN978-4-569-88158-4

NDC913　175P　20cm